橡皮筋女孩

趙翊均／著

玨，音絕，二玉相合為一

縈，圍繞、纏繞

玨縈，三胞胎中僅存的早產兒

與家人一同踏上一條朝夢想前行的路

—玨縈大事紀—

2009年

7月，初懷的牛年寶寶失去心跳，無緣來到這個世上

10月，開始計畫人工受孕

2010年

1月，人工受孕成功，三胞胎在肚子裡成形

6月，橡皮筋女孩——玨縈出生

7月，玨縈接受心臟手術、眼睛治療

2018年

玨縈捐長髮給兒癌患者

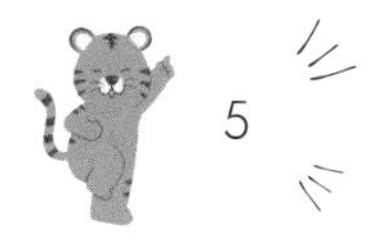

2020年

「JY玨對會縈——水滴杯架」品牌創立

2022年

玨縈榮獲《國語日報》社「好Young」人物殊榮

2023年

當年的橡皮筋寶寶玨縈，就讀國中囉。

（玨縈的人生，未完待續……）

創立品牌一玨對會縈水滴杯架

「有夢最美，希望相隨」抗癌小鬥士玨縈，激發媽媽創作的靈感，完成媽媽勇敢追夢，且踏實圓夢——環保杯架研發上市。

玨縈出生時，是一位早產的巴掌娃娃，當時的她只有480公克。在醫生持續不斷的鼓勵之下，媽媽以無比的信心與毅力，陪著玨縈順利度過重重難關，成長茁壯。

考驗接續而來，在玨縈兩歲那年，面臨了人生第二大關卡——癌症的試煉。向來正向思考的媽媽陪伴著不向命運低頭的玨縈，再次堅強以對。當年一邊抱著寶貝，一邊推手推車的媽媽心想：「如果能夠研發出便利的杯架，不但環保，更可以造福人群，那眞是一舉兩得啊！」只要懷抱希望，人生絕對有無限的可能。商標的圖形是玨縈的眼睛，希望藉由此產品，讓大家感受到旺盛的生命力，珍惜每一個當下。

※每售出一個，就會捐$10塊給兒癌基金會。

粉絲專頁：

https://www.facebook.com/jy.cupholder

媒體報導：

【20110125 凱擘大彰化新聞『巴掌仙子小芸出院 歡喜回家過年』】

https://youtu.be/
Wnme6xT0lD0?si=mCgGAGfA7qFd6xf1

【最小巴掌嬰長大了! 天使回家過年】

https://youtu.be/
byz1ZnwUyHc?si=7yYQBsMegHBCWRr8

【20110126 蘋果動新聞『巴掌仙子回家過年 醫院約定喝她結婚喜酒』】

https://youtu.be/1rQRF5VrjMM?si=PsQxPS7wP893d
Lxe

【1000125巴掌仙子小芸出院 歡喜回家過年】

https://youtu.be/BJQJ21QNuHc?si=jUtGP68iBDrUF4K7

【《今日暖新聞》小菩薩 巴掌仙子戰勝癌症】

https://tw.news.yahoo.com/%E4%BB%8A%E6%97%A5%E6%9A%96%E6%96%B0%E8%81%9E-%E5%B0%8F%E8%8F%A9%E8%96%A9-%E5%B7%B4%E6%8E%8C%E4%BB%99%E5%AD%90%E6%88%B0%E5%8B%9D%E7%99%8C%E7%97%87-145456678.html

【你是陽光！巴掌仙子戰勝肝母細胞瘤】

https://youtu.be/LnyWtA_0lkY?si=-1mBwF1zayp4BOru

【鑽石寶貝-巴掌仙子之相信自己的孩子 .mp4】

https://youtu.be/FWVNnhv_GhE?si=Nl1VkBuWBct6Gh4a

【13歲巴掌仙子出生僅480公克 成功抗癌與媽媽圓夢創業】

https://video.udn.com/news/1234451

【JY 玨對會縈-水滴杯架 粉絲專業】

https://www.facebook.com/jy.cupholder

【鮮週報】高市婦人工受孕懷女早產頻繁進出醫院 研發平衡杯架獲診所企業贊助嘉惠癌童

https://freshweekly.tw/?pn=vw&id=4q7fffk3fd8t#vw

【中華新報20220404 巴掌仙子圓夢創業品牌水滴杯架愛心做公益聯訪】

https://www.youtube.com/watch?v=SZdoe0MgzWE

JY玨對會縈 youtube頻道

https://youtu.be/AIGzA6w76DM?si=H13ZdiyPJogMiq2I

玨縈戰績 可以自己走平衡的板子

https://fb.watch/rZu7__GEdL/?mibextid=v7YzmG

星期五職能課～消耗體力囉！

https://fb.watch/rZuj_cDTTB/?mibextid=v7YzmG

目錄

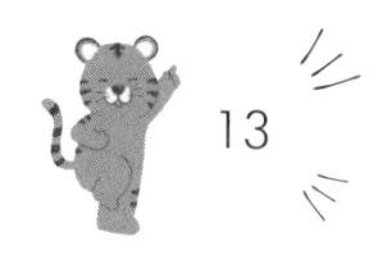

作者序｜希望、愛與從不放棄

提筆撰寫這本書的初衷，是為了記錄從玨縈出生，一路走過來的艱辛歷程，希望能夠讓每一個與我們狀況相似的家庭，可以從我們的經驗中，看到希望與獲得到一絲慰藉。

我的女兒玨縈從出生到罹患癌症，情況都不被看好。我也清楚明白，玨縈遇到的問題，將比普通人來得多且辛苦，每每遇到各種困境，我都告訴她要學習解決問題，而玨縈始終努力面對身為早產兒隨之而來的病痛，從心臟手術、眼睛差點失明、職能治療復健……等，雖然辛苦，但她依舊咬牙撐下去，她那份從不放棄的意志力，我都看在眼裡。

我有時也會問老天，為什麼我和玨縈是透過人工受孕相遇？為什麼祂要用這種方式對待我們，讓我們所走的路特別坎坷？我和玨縈一起面對接踵而來的困難，一起努力復健與接受治療；這份得來不易的緣份深埋在我心中，我對玨縈的疼愛也形成母女連心。

在最初懷三胞胎，到最後留下珍貴的玨縈，她來到世上的過程始終不順遂，從出生便在加護病房度過，看著她一次又一次經歷病魔纏身，手上因爲打針而留下許多針孔與黏貼膠布的痕跡，甚至一度造成皮膚潰爛，她的痛我都看在眼裡、疼在心裡，她哭泣時我也都陪伴在旁，這輩子我將是玨縈的後盾，將對她傾倒所有毫無保留的愛與陪伴，時刻惦記著她。

不怕病痛、積極面對病魔的玨縈，對於我給她的期望，努力地回應並成功克服所有困難，以此傳達母女連心的默契，撐過這些難關之後，我和玨縈將一起欣賞這美麗的世界，一起創造開心美好的回憶。謝謝玨縈讓我們相遇，謝謝玨縈來當我的女兒，讓我疼愛她，無論有多少狂風暴雨，只要她願意努力，我都將永遠陪伴在她身旁。

在這段漫漫無期對抗病魔的路上，我從中學習並成長許多；從一個不知所措的新手媽媽，到現在能夠堅強面對所有困難，讓我體會到母愛的力量是無窮盡的，雖然每當遇到新的困境時，難免力不從心，但是看到玨縈努力抗病的毅力，我便知道她需要家人的扶持與鼓勵，於是我打起精神陪她熬過漫長的治療期，讓彼此一起堅持到底，途中就算經歷再多的困難與挑戰，我始終告訴玨縈：「媽媽從來沒有放棄妳！」我想這是我們能夠度過每一次難關的主因。

這一路走來，很感謝老公的支持與陪伴，以及玨縈面對病魔的樂觀態度。心態是會互相傳染的，雖然在這段路途上，總有很多令人絕望和灰心的時刻，但我們自始至終都相信希望的存在，相信明天會更好，以這般的信念支撐著，才得以不斷地前進、不斷地努力、不斷地戰勝困境。

最後，我將致上最真誠的祝福，給所有面對相同困境和挑戰的家庭與父母親們。這條路走來並不容易，但我相信你們都能夠跨越每一道關卡。我相信——希望、愛與從不放棄——這是我們能夠戰勝困境的關鍵點。

推薦序1
盈盈燭光帶來一線希望

當翊均告訴我她要出書，我感到相當驚訝！當書稿檔案出現在我電腦時，我卻懷著一份深深的感動。

當初我選擇成爲婦產科醫生、生殖醫學專家，是因爲我喜歡看到一個又一個新生命的誕生，帶給一個又一個家庭新的希望；但在求子以及培養孩子成長過程中，伴隨父母心中的失望，只有當事者最清楚箇中滋味。

當時，我被翊均的孝順所感動，一個年輕女孩，竟然可以爲了公公不久於人世，不顧自己剛引產後虛弱的身體，堅持要做人工受孕，但身爲生殖醫學專家的我，還是無法取代老天爺的位置，可以百分百決定是否成功懷孕或是幾胞胎。

皇天不負苦心人，老天直接賜了翊均三胞胎，但又好像是開了個大玩笑，讓翊均馬上面臨再度失去一個孩子的事實，而且是親自選擇拿掉哪一個孩子。我在書中細細品味那段心路歷程，可以看到一個母親至深的愛和無奈。

「安胎」兩個字，帶過了身心俱疲的歷程，身爲醫師的我，跟著書中描述的情節，一步步看到醫療專業以外的產婦世界，經歷產婦心中的忐忑；爲了孩子，吃平常不愛吃的甜食，整天躺在床上，不管多少針都願意挨，花少錢都願意燒……所謂「天下父母心」，在書中展現地淋灕盡致。

玨縈的故事，就像一盞盈盈燭光，爲早產兒的家庭帶來一線希望，不僅是生命歷程的感動，更有作者的大愛，她用自身的經歷鼓勵更多人，用捐助行動實現大愛，用生命影響生命。僅藉這篇序言，爲全天下的母親致上敬意。

黃富仁醫師
安安十全生殖中心

推薦序2｜極度早產的生命小鬥士

玨縈是我行醫二十幾年以來，接生成千上萬個的小孩中，唯一答應收爲乾女兒的。從這件事，可以看出她的特別。

她來自一個值得敬佩的家庭，父親裕揚和媽媽翊均都來自彰化海線殷實的家庭，求子之路一開始卽遭遇困難，本來是多胞胎，減爲雙胞胎之後，其中一個在21週早產，當時我還是滿腔熱血的年輕主治醫師，剛從博士班畢業，陪他們硬拚；其中一個寶寶出生後沒有存活，臍帶用消毒的橡皮筋綁好，另外一個寶寶安胎到23週，也就是本書的主人黃玨縈。

玨縈的媽媽翊均，也因爲嚴重感染住進加護病房，坦白說，我當時非常擔心害怕，現在回想起來，不知道哪裡來的勇氣，所以現在我當到教授，覺得要栽培值得栽培的年輕醫師，因爲年輕醫師初生之犢不畏虎，有一種莫名的熱忱，當時我以及這個家庭都是如此，我們都懷著正向思考。

本書的主人黃玨縈後來又經歷很多波折，接受肝臟手術，做過化療，仍然平安健康地長大。疫情結束後，他們邀請我在鹿港的海鮮會館聚餐，這些年來，我雖然歷任醫院以及學會行政職務，同行以及同事都知道我不喜歡吃飯應酬，我仍然專程赴會，因爲我珍惜這個緣分以及上帝所成就的美好事工。

玨縈個性堅強，非常有主見，繼承了父母親各自的優秀基因，她的名字，來自一個信念：絕對會贏。我們其實都缺乏這個家庭的精神，作爲醫師，我們同時也向病人學習，這是最好的例子，不只從病情學習，也向她們的精神學習。

陳明 教授

彰化基督教醫院醫療長兼婦產部主治醫師

推薦序3｜巴掌仙子的啟發

我是這世上最早認識玨縈的人，甚至比玨縈的爸媽還更早了解熟悉她，因爲我是她一出生時的主治醫師。

當時的她，只有23週、體重480公克，比一杯飲料的重量還輕，過去的經驗告訴我，接下來將是一場又一場的硬仗、一道又一道的關卡，在前面等著她，雖然如此，當我看到玨縈的父母每天準時來新生兒加護病房會客，以及各親朋好友的關心、以及彰基新生兒科科團隊的照護，有了這樣的後盾，我知道玨縈一定可以順利長大，玨縈在住院200多天後，終於順利出院。接下來是早產兒的出院追蹤。

原本玨縈應該苦盡甘來、漸入佳境的時刻，卻意外發現肝臟長了一顆大腫瘤，馬上又得面臨另外一個生死關頭，而玨縈的媽媽翊均的堅強韌性，讓我印象深刻，她沒有一絲怨天尤人，總是想著怎樣能給孩子最好的治療而南北奔波，歷經極度早產兒的照顧、幾次的重大手術。

焦頭爛額的這幾年，玨縈的媽媽仍然時時正向思考、感恩擁有、回饋社會的心，不僅提供其他早產兒家屬的諮詢，帶著玨縈捐髮，幫助同樣罹癌作化療而掉髮的病患，創立「JY水滴杯架」品牌，將盈利的部分捐給兒癌公益團體。如今，翊均想把這一段不平凡的經歷寫成書，我很榮幸可以在這裡跟大家推薦，相信一定可以幫助到患有重大疾病的孩子與家長，也能對生活在這艱困時刻的我們有所啟發！

蕭建洲 醫師

彰化基督教兒童醫院新生兒科主任

推薦序4｜關於早產兒視網膜病變

玨縈出生後的第十週，接受眼底檢查，發現有網膜外、不正常新生血管增生的早產兒視網膜病變。她先接受了玻璃體內注射血管內皮細胞生成因子抑制劑治療，不正常的微血管消退了兩個月，然而又再復發。

再使用雷射治療周邊無正常血管發育的視網膜，但雷射治療一個月後，不正常新生血管仍持續存在，所幸還沒有視網膜剝離。獲得父母的知情同意後，再給予另一種血管內皮細胞生成因子抑制的新藥治療。注射後約一個月，眼底檢查顯示視網膜不正常新生血管完全消失，周圍視網膜也長出正常血管，眼科醫師才暫時放心。

隨著新生兒醫療照顧的進步，許多提早呱呱落地的早產兒，都能存活下來，因此，早產兒視網膜病變的篩檢也越來越重要。造成早產兒視網膜病變的主要危險因子，包括較短的懷孕週數、較低的出生體重，以及使用氧氣期間的長短。在這些高危險群的早產兒中，大約有百分之十五會發生早產兒視網膜病變，其中百分之六十可能會回復，但有百分之五需要進一步治療，也可能對未來視力發展有重大影響。

胎兒的網膜血管大約在受精後第十六週開始發育，在第三十六週時長至鼻側網膜，在第四十至四十二週時，長至顳側網膜後才大功告成，所以媽媽肚中的胎兒若提早出生，網膜血管仍尚未發育完全。一般而言，所有懷孕週數二十三週以下，出生體重一千五百克以下的新生兒；或是懷孕週數三十六週以下，出生體重兩千克以下的新生兒，在出生後有嚴重呼吸窘迫、敗血症、或使用氧氣超過六星期；或是雙胞胎之一符合篩檢條件的另一位嬰兒，皆需接受視網膜檢查。

至於視網膜檢查的時機，大致為出生後四至六週，只要嬰兒身體狀況穩定即應安排；如果第一次檢查沒有發現早產兒視網膜病變，但網膜血管尚未發育完全，則在一至兩週後再檢查一次；如果發現初期早產兒視網膜病變，則應一週後再檢查一次；若已發現較嚴重的早產兒視網膜病變，三到四天就必須追蹤了，以決定是否進一步治療。

若把網膜區分爲十二等份，當第三期網膜外不正常新生血管增生，已出現連續五等份以上，或雖有間隔但已累積八等份以上，同時併有網膜後極部血管扭曲與擴張的現象時，就必須盡快治療。治療的方法主要是冷凍、雷射、與玻璃體內注射血管內皮細胞生成因子抑制劑；若發生視網膜剝離，必須施行鞏膜扣壓術或玻璃體切除術來使網膜復位。網膜狀況穩定之後，小兒眼科的追蹤十分重要，必須注意高度近視、散光與斜視的問題，一旦發現應儘早矯正，以避免弱視。玨縈的媽媽十分重視她的視力發展，都按時帶她回診做驗光與眼底檢查，目前她的矯正視力可以維持1.0。

由於早產兒的照顧，對於家庭與社會是一個沉重

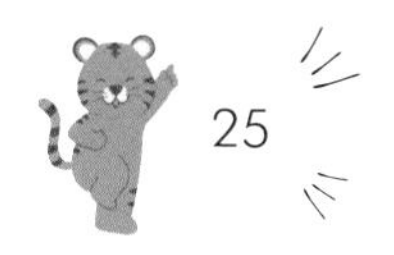

的負擔，所以孕婦應注意健康，按時產檢，與婦產科醫師配合，以避免胎兒提早來到人間。如果胎兒實在等不及要與家人見面而早產，除了注意早產兒的身體情形外，在出生四到六週後，也應安排視網膜檢查。因爲處理早產兒視網膜病變，最常見的失敗原因就是延遲診斷與治療，所以家屬必須與醫師密切配合，小兒科醫師與眼科醫師也要通力合作。

林純如 醫師

中國醫藥大學附設醫院眼科部眼科醫學中心
葡萄膜炎科主任
亞洲大學附屬醫院眼科醫學中心 副主任
教育部定教授

推薦序5｜巴掌仙子的奇蹟

在此恭喜也佩服玨縈的媽媽趙女士，寫出她們母女兩人坎坷的人生遭遇、努力奮鬥永不屈服的心路歷程，和天下的父母分享。雖然，黃媽媽以患者角度的敍述和認知，和實際上的醫療行爲以及醫療過程，難免有一點小出入，但仍無傷大雅。這本書的勵志和感性的可讀性極高，她們的遭遇眞是令人同情、她們永不放棄的精神著實令人感動，也見證了醫療奇蹟和人性的光輝。

黃媽媽／趙女士歷經人工受孕的苦難，不再贅述。玨縈出生時，體重僅有480公克，爲當時全台倖存體重最輕的早產兒，從出生起，就在保溫箱和嬰兒加護病房度過，但玨縈以其堅韌的生命力支撐、以及黃媽媽／趙女士和黃家一家人的堅持、彰基早產兒醫療團隊的悉心照護之下，歷經肺部、腦部、眼睛、心臟等早產兒常見問題，關關難過關關過，在住院7個月後，體重達到3800公克，終於順利平安出院，創造了當年全國第一巴掌仙子的奇蹟。

但命運造化弄人，玨縈一家人又再一次面對嚴厲的生命考驗：她2歲時，又被診斷出罹患末期肝母細胞瘤，經歷和死神拔河、化療的折磨、開刀換肝的風險、輸血感染的併發症等。所幸玨縈在家人的支持、彰基醫護團隊的努力，以及她自己本身堅韌的生命力，又再一次戰勝病魔，癌症已經痊癒並定期回診追蹤10年，無復發跡象。

玨縈沒有自己的童年，從出生開始，都是在醫院長大，雖然是在極端保護的環境下成長，在母親趙女士的陪伴、教導之下，玨縈並沒有變成蠻橫嬌縱的小公主，她非常機靈，善於察言觀色，保持著赤子之心，個性善良、單純、正直、充滿同情、擁有憐憫心。

玨縈為了回饋抗癌過程中眾人的關愛，並以自身的經驗鼓勵其他癌童，在上小學前夕，捐出因化療掉髮後，近4年才及腰的長髮，交由彰基切膚之愛基金會作成假髮，供化療掉髮的癌童使用。筆者身爲主治醫師，很榮幸爲玨縈剪下第一刀。

玨縈因爲歷經滄桑、體質特殊，國小就讀特教班，才開始接觸人群、融入這個社會，她個性開朗樂觀，喜歡幫助別人。她的畫作曾刊登於《國語日報》，並獲得了全國兒少「好Young人物」好人好事代表的殊榮。在黃媽媽／趙女士的細心栽培下，小學將畢業時，玨縈已經能夠烘培出相當可口、近職業級的糕點，筆者有口福嚐到了第一爐的美食，至今仍齒頰留香回味無窮。

玨縈一家人的故事，帶給我們莫大的震撼和啟示，謹祝福她在中學新階段能繼續快樂學習、健康成長。

林明燦 醫師

前彰化基督教醫院小兒科主任
中華民國小兒科醫學會理事
中華民國兒童癌症基金會顧問醫師
國立成功大學醫學院小兒科講師
私立高雄醫學大學小兒科講師

推薦序6
看不到終點的路最難行

生活中接觸過早產兒家庭，知道他們每天面對的挑戰及需要經歷的過程，是一段辛苦與漫長的路。作者從家中成員罹癌，人工受孕到玨縈早產一直到肝母細胞癌治療，好幾次生命的拔河，及對未來的不確定，每一步都是靠著堅強的信念與家人間的相互扶持下才能走到現在。

服務於高雄長庚肝臟移植團隊中，照顧過許多肝腫瘤小兒患者，發現在求醫過程中，患者家庭常常有許多對疾病治療、預後的擔憂及對未來的不確定。

「看不到終點的路最難行」，作者一家深刻努力的走過，也是這本書的誕生的目的，書裡除了分享作者一家的心路歷程，也讓人看到一位母親爲孩子樹立堅忍不放棄及回饋社會的榜樣，相信此書能帶給有相似過程的家庭寶貴的經驗，或正處在徬徨不確定的你

安定正面的力量，繼續有前進的方向及動力。

林育弘 醫師

高雄長庚 一般外科

推薦序7
謝謝媽媽

當了20幾年的小兒科醫師，尤其是後來的小兒神經科醫師，最大的感念僅有一句話：謝謝各位小朋友的媽媽！

首先感謝各位家長，尤其是小孩的媽媽，願意把各位的寶貝交給我們治療，尤其遇到嚴重危險的時候，例如抽搐、腦炎等，還是信任我們的努力，願意把小孩交給我們治療。

其次，感謝病程中負責照顧孩子的家長，大多時候也是孩子的媽媽。主治醫師每天只是1至2次查房訪視，但辛苦的家長要24小時，不間斷地陪伴小孩的病痛；一直特別想要感謝，是因爲家長的努力，往往決定治療是否順利。例如有一次，細心的媽媽發現語言功能的細微改變，讓我順利診斷出醫護人員都認爲正常的幼童有腦炎，又例如重症臥床的兒童，在辛苦的媽媽努力24小時完整地照護之下，除了可讓醫療順利進行，還減少許多不必要的併發症，不只是減少病童的痛苦，也減輕了醫護人員許多的壓力。

這次更感謝玨縈的媽媽，提供了詳細的經歷，並讓我有機會分享和寫下這一小段文字；我一直在醫學中心服務，收入其實不及一般開業醫生，上班壓力也較大，但能繼續走下去，往往是家長及小孩所給予的喜樂。

這次也感受玨縈媽媽滿滿的分享，讓我重新有更大的動能，繼續在工作上更加努力，也希望這些分享能讓天下偉大的父母，一起努力讓大家的寶貝們健康快樂地成長。

謝謝家長，尤其謝謝媽媽！

張明裕 醫師

彰化基督教兒童醫院 兒童神經科主任

推薦序8
巴掌寶貝

2010年6月23日，新生兒加護病房，一個再平常不過的上班日，卻迎來全台歷年來最小的早產巴掌仙子——玨縈寶貝。她當時23週480公克，開啟了爲期近7個月的奮鬥人生。

這位尚未做好萬全準備，便來到世上的巴掌寶貝，在住院期間接受全面的治療，面對從頭到腳都有可能發生的合併症，數算的每一天，對巴掌寶貝和父母都是煎熬。

溫暖的雙手、輕巧的動作、暖暖的光線、安靜的分貝、細心的呵護、築巢與寧握、高警覺高謹愼的照護、斤斤計較的母奶、漫長的復健，在在陪伴巴掌仙子的成長之路。

在醫護團隊的照護、親人一路的愛與鼓勵之下，玨縈帶著堅強的生命力，度過重重關卡，每每突破過一關，對父母而言，都是最大的欣慰。玨縈媽媽從無到有，歷經辛苦的受孕過程，身體的不適，安胎、減胎、玨縈出生，面對玨縈住院治療的難過與開心、從中與同為早產媽媽分享自己的心路歷程並互相扶持、提供母奶給予癌症媽媽的早產寶貝，分享愛給更需要的人。

期許夢想成真，一個小生命的誕生帶給玨縈媽媽一家人無限的希望，玨縈的成長之路雖辛苦，但在充滿愛與陪伴的環境中，成就了自信、正向、充滿愛的玨縈寶貝。人生的旅途充滿喜怒哀樂，是助力也是動力，在充滿挑戰的未來，期許擁有更美麗的人生。

吳淑珍 護理長

彰化基督教兒童醫院 新生兒加護病房護理長

推薦序9
漫長的旅程終會嚐到甜美的果實

復健治療在早產兒的發展過程中，起著非常重要的作用。對於早產兒而言，復健治療團隊通常包括物理治療、職能治療和語言治療，這些專業可以幫助早產兒克服各種不同的發展障礙，並且有效降低與足月兒之間的落差。

物理治療是指透過運動，促進早產兒的肌肉和神經系統發展；物理治療師可幫助早產兒增強肌肉力量、提高身體協調性、改善平衡能力和發展運動技能。透過定期的物理治療，早產兒可以在適當時間內，達到發展的里程碑，進而增加生活的自理能力和自信心。

職能治療是指透過日常生活活動和遊戲，培養早產兒的日常生活技能。這些技能包括自我照顧、運動技能、學習和認知技能。職能治療師可以藉由遊戲和簡單的活動，幫助早產兒發展這些技能，進而提高他們探索環境的能力和動機。

語言治療是指透過遊戲和日常活動，從各種互動方式促進早產兒的語言及溝通能力的發展。早產兒可能會面臨語言和溝通方面的挑戰，因此，語言治療師可以幫助他們建立正確的語言和溝通技能，從而提高他們的互動及社交能力。

當玨縈開始接受復健治療時，她已經快兩歲了，僅管經歷過一段長期的醫院生活，與醫護人員的接觸一點都不怕生，她從一開始就非常積極參與治療，父母也是她最好的支持者，總是鼓勵她和治療師們一起合作。

我們的治療過程中，包括了各式各樣的活動和練習，比如強化她的核心肌肉、平衡和協調性、手眼協調等等；治療中使用了各種設備，比如彈簧床、平衡板、感覺統合器材等，幫助她練習不同的運動技能；而溝通訓練藉由溝通手勢開啟了主動對話與回應，也讓她逐漸增加了口語表達的詞彙。

透過復健治療團隊的努力，玨縈的健康狀況和發展狀況都得到了很大的改善。不到半年時間，已經學會站立，並開始練習行走，還可以使用簡單語句進行對話。玨縈的父母非常高興看到她的進步，他們知道雖然這是一個漫長的旅程，但終究會嚐到甜美的果實，同時也很感激復健團隊的支持和協助。

這個故事說明了早產兒能夠從復健治療中受益，他們需要更多的支持和關愛，他們有能力在適當的情況下實現自己的潛力。作爲復健團隊的一員，我感到非常榮幸能夠參與並支持這樣的治療過程。

除了復健治療外，我們也需要鼓勵早產兒的家長。早產兒的成長過程需要家長不斷地努力和支持，家長的付出非常重要，需要他們耐心地陪伴早產兒，走過每一個發展階段，經由家長努力的付出，相信早產兒在他們的愛和支持之下，一定可以克服任何困難，茁壯成長。

最後，我們也應該鼓勵家長將相關育兒資訊和經驗，與其他有需要的家長分享，這些資訊和經驗可以幫助其他家長更清楚早產兒的成長和發展過程，全心全意支持他們的孩子；此外，也可以讓其他家長了解復健治療的重要性，從而提高對早產兒的關注和支持。

佚名 物理治療師

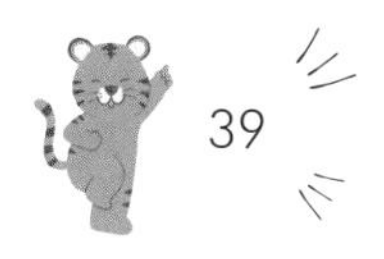

推薦序10｜愛，讓我們更懂得珍惜

癌症常常讓人聞之色變，而我在兒童癌症的領域工作多年，最常聽到一般民眾問我的問題，就是：「小孩子也會得癌症喔！？」其實，根據兒童癌症基金會的統計，近年來，每年都還是有接近五百名18歲以下的孩子，被診斷出罹患癌症。而我之所以會和玨縈認識，當然也是因爲她成爲了我所照顧的病童，其中的一員。

記得十多年前，彰基誕生了一位全台灣最小的早產兒，也就是玨縈，在歷經許多的治療與努力之後，終於可以順利地出院。但是過沒多久，玨縈新生兒科的主治醫師告訴我：「以後玨縈就要拜託妳照顧了。」此時，我才知道原來全國最小的早產兒，又罹患了肝母細胞瘤，我心想這孩子也未免太辛苦了吧！才剛度過一個難關，現在又要面臨另外一個難關。

癌症的治療是一條漫長又揪心的過程，每一次的治療都是在和死神拔河，在歷經腫瘤破裂、手術切除腫瘤、多次的化學治療及許許多多因爲治療而產生的副作用，一次又一次的關卡，玨縈的父母總是相互扶持，互相陪伴與鼓勵，帶著孩子和所有的醫護人員一起努力衝破難關，終於克服了癌症所帶來的生命威脅，完成了所有的治療，順利停藥觀察。

不僅如此，這過程中，玨縈除了接受癌症的治療之外，仍舊要一邊接受因極度早產而引發的各種語言、走路及手部協調等問題而安排的語言治療、物理治療及職能治療等許多的復健課程，每天都過得戰戰兢兢，我常常跟媽媽說：「玨縈出生後的三年，在醫院的日子比在家的日子多。」

所幸，因著上帝的眷顧，現在玨縈也終於度過了觀察期，成爲了一位亭亭玉立的少女，爲自己更美好的未來而努力。

令人欣慰地是，珏縈她們這家人，一路走來雖然十分辛苦，但仍不忘要在自己的能力範圍內，回饋給兒癌的患者，像是捐髮，以及在兒童節時，送給每個孩子自己親手烘培的手作餅乾，並積極參與本院的兒癌活動，而且還送自己設計的「JY水滴杯架」給每個病童，期望能夠帶給正在治療中的孩子，更多的歡樂與幸福感。

玨縈這一路雖然困難重重，但因著父母的愛與全力支持，讓她一路走來並不孤獨，也讓她心懷善念，更懂得回饋與分享，因此獲得2022年《國語日報》「好Young人物」的殊榮。

我始終都很希望曾經照顧過的病童，能夠常常回來我們這個兒癌大家庭，給予正在接受治療的孩子和家屬，一些正向的鼓勵，因爲他們曾經走過同樣的路，知道這一路上的辛苦與煎熬，也知道孩子及家屬們的需求是什麼，因此更能給予正走在這一路上的人，更多的正能量。

但通常治癒的病童，都會重新回到校園，繼續爲完成夢想而努力，鮮少有機會再回到這個大家庭。而今適逢玨縈一家人利用時間撰寫了這一本書，書中娓

妮道出玨縈如何勇敢面對自己的命運，而父母又是如何給予孩子鼓勵與支持，如何珍惜每一個當下，陪伴著孩子走出自己的困境，因著滿滿的愛，孩子終將克服一切難關，走向光明的未來。

相信這一本書的出版，一定能使得許多正走在這一條路上，徬徨無措的家庭產生共鳴，並爲這些家庭帶來正能量與希望，讓他們更有信心面對未來的挑戰。

劉佳怡 護理師
彰化基督教醫院 兒科專科護理師

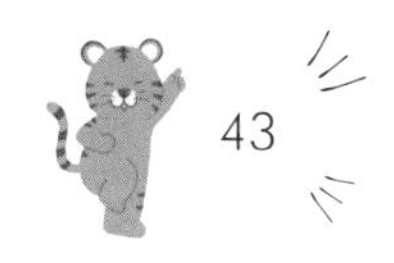

推薦序11
用愛陪伴，無所畏懼，攜手同行

在兒童癌症病房工作，經常會陪伴面對生命困境的病童與家屬，度過漫長的住院療程，深刻感受到家屬雖然內心極度驚恐無助，但仍在孩子面前表現堅強，勇敢接受癌症孩童小小且虛弱身軀，必須接受漫長治療的衝擊，我看到了父母用溫柔陪伴孩子同行，讓孩子充滿溫暖與希望，無所畏無懼地與病魔奮戰，用愛克服阻礙。

身爲醫護人員，每一個陪伴病童同行的日子，我看見孩子及家屬們堅強的身影，總是深受感動，每個生命歷程的故事都讓人由衷動容，護理團隊在照護與陪伴過程中，總是時刻提醒自己，視病猶親、將心比心，隨著日復一日的照護過程與病人及家屬，培養出革命情感，就像家人般的存在，彼此分享經歷與互相

撫慰，繼續以堅定的步伐攜手同行。

這是一本充滿正能量的生命故事書籍，讓人重燃生命的希望與勇氣，我願意將它推薦給面對生命困境的每個人，希望他們能看到存在生命中的愛與美好，因爲有愛所以無懼，期待他們能克服困難而展翅飛翔。

蔡美容 護理師

推薦序12｜全國十大傑出愛心媽媽——慈暉獎提名

玨縈的媽媽趙翊均來自彰化海線殷實的家庭，求子之路困難，經歷相當辛苦的受孕過程，爲了給罹病的公公一個孫子，2010年，她人工受孕懷三胞胎，經過減胎（減爲雙胞胎），孕程中雙胞胎其中一個在21週早產（出生後沒有存活），爲了保住另一個寶寶（現在的女兒），臍帶用消毒的橡皮筋綁好，繼續安胎，到23週，不得不提前分娩，驚心動魄的生產經過，生出巴掌大體重480公克的小女嬰，當時是全台最輕的早產兒。

翊均在生產後因嚴重感染住進加護病房，與死神搏鬥，仍無時無刻心繫著小孩的情況，好不容易懷孕成功，擔心孩子可能沒法存活，內心煎熬，但懷著孩子能夠挺過去的信念，請求醫師一定要救治女兒，給女兒一個機會。透過保溫箱，看著插滿管子的女兒，卻無法抱抱她、惜惜她，是最痛苦的感覺。翊均的媽媽第一次將女兒擁抱在懷裡的那一刻，那份感動和溫暖，筆墨無法形容。

玨縈極度早產，住院7個月，面對從頭到腳都有可能發生的合併症，以及可能失明的危機，接受了兩次心臟手術。玨縈的媽媽每天都呈現神經緊繃、焦慮不安的狀態，隨時得做出無數次的某個決定，腦中不免冒出各種聲音：「這樣好嗎？」「那樣不好嗎？」「人生沒有後悔藥」「萬一錯過了就無法回頭」「會不會早知道就……」。

玨縈兩歲時，感冒半個月，反覆發燒，腹脹如鼓，確診罹患肝母細胞瘤，腫瘤破裂，造成散性血管內凝血症、呼吸衰竭，性命危急，切除整葉左肝和大部分右肝，化療9次，近兩個月保住性命，被視爲奇蹟。

玨縈的成長過程常與醫院爲伴，進出醫院無數次，一路與病魔搏鬥，歷經波折，但因爲她堅強的生命力，度過重重難關，每每突破一關，對父母而言都是最大的欣慰。珏縈的媽媽始終正向思考，從不怨天尤人，身體力行，身教甚於言教，帶著女兒化身志工，鼓勵其他兒癌病友，將過去面對早產、罹病治療，與同爲早產兒媽媽或兒癌家長分享自己的心路歷程，互相扶持，鼓勵相同經歷的母親。

珏縈每年努力留長髮，定期捐髮給癌症基金會，因爲深刻體會患者化療時，頭髮掉光的心情，所以她希望能幫助需要的人。珏縈從小走路平衡協調性不好，時常跌倒，媽媽因而陪著她一起學街舞，克服先天弱勢，這過程雖然辛苦，但看到她可以跳出美麗的舞姿，讓人很有成就感。媽媽每年都會和女兒一起到台中榮總醫院癌症病房表演，透過舞蹈帶給病友希望與歡樂，撫慰他們的心靈。

另一方面，翊均對娘家也是盡孝反哺，爸爸罹患食道癌接受手術治療2年多，她每天必到醫院悉心照顧，陪病期間，看到家屬常因沒有足夠陪客椅，須長時間站立，她化感恩爲行動，以爸爸的名字捐贈陪客椅給醫院，紀念父親的愛。

翊均是位令人相當敬佩的媽媽，從她身上看到媽媽對女兒那份「愛」與理解，從原本「我想認爲女兒的模樣」轉變成「女兒自己的模樣」，最後再到「我能接受女兒所有的模樣」。女兒成長之路雖然辛苦，但從女兒來到這個世界的那一刻起，她卽明白，女兒的人生需要獨立自主，希望女兒不要成爲社會的負擔，因爲當一個人被某個身分（學習障礙）定義之後，要有勇氣承受他人的想法和眼光，就必須要先接納自己，才有辦法走出自己人生的道路。

如今玨縈已經12歲，就讀彰化縣泰和國小六年級，語言、數理方面的學習較爲遲緩，但她積極進取，樂觀以對，和媽媽一起投身公益，盡一己之力回饋社會，關心周遭需要幫助的人，因而獲得2022年《國語日報》「好Young人物」。

翊均說她只是一位很平凡的媽媽，爲了幫助她的孩子能夠自力更生，在充滿挑戰的未來，一定會走上崎嶇的道路，但只要能擁有堅定不放棄的心，具有自己的技能，相信玨縈在人生的旅程將可以創造無限可能，擁抱更豐足的人生。

身為醫護人員，我看到的是一個小生命的誕生，帶給一家人無限的希望。我不只從病情學習，也向病人和家屬生命鬥士的精神學習。玨縈是由翊均的人生過往無數個「選擇」，而造就出玨縈現今具有自信、正向、充滿愛心的品格；翊均過去無數個微小的決定，到後來產生的影響，創造了玨縈的多重宇宙。在我眼中，翊均是一位魔法師，一位百變金剛。

本人極力推薦趙翊均為「慈暉獎」愛心媽媽；她言傳身教的教育哲學，讓我們感受到溫暖和力量。

遺傳諮詢師 李美慧組長

彰化基督教醫院

推薦序13｜樂觀的孩子，終將通往美麗的道路

在陪伴玨縈踏上她的願望旅程之過程中，我深深感受到她是一個樂觀、勇於接受挑戰與面對困難的孩子。

她的家人給予她無限的愛與支持，並且堅持不放棄希望的毅力，爲她打開了通往美好未來的道路。

謹向玨縈的媽媽表達我的感謝，感謝她的邀請，讓我有機會參與並分享他們家庭的夢想。同時，我也感到非常榮幸能夠爲玨縈的願望成真，盡一份心力，讓她和她的家人共同度過一段開心難忘的願望之旅。

中華民國喜願協會致力於幫助3歲以上至未滿18歲的重症病童，實現他們翻轉生命願望，給予他們鼓勵和支持，讓他們感受到希望、快樂和勇氣的力量。

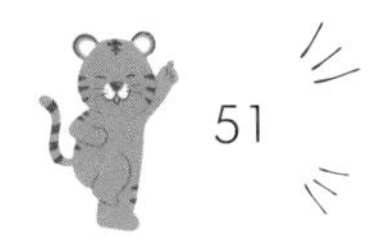

希望大家一同加入我們，轉介罹患重症的孩子給喜願協會，幫助孩子們成長的願望成真。

黃瓊慧

社團法人中華民國喜願協會 社工組組長

推薦序14｜一枝草，一點露

開始帶玨縈時，因爲彼此都不熟悉，所以常常花費許多時間跟她溝通，生活常規、學習態度以及與同儕相處等問題。從一開始的衝突，漸漸地彼此有了默契，經常透過一個眼神，或一句叮嚀，玨縈就知道自己該做什麼了。

玨縈的個性，樂觀直率，有自己的想法，且非常固執，然而是個可以溝通的孩子，從溝通中可以慢慢看到她的成長。

尤其在與同儕相處方面，從不知道該怎麼跟人家分享，到現在會將自己帶來的東西，主動跟同學分享；從不知道該怎麼感謝，到現在會在別人幫忙她後，說聲謝謝，甚至也會主動去關心與幫助朋友；從不知道該怎麼跟同學聊天，到現在也能與大家侃侃而談，有說有笑；從以自我爲中心的想法，開始會爲別

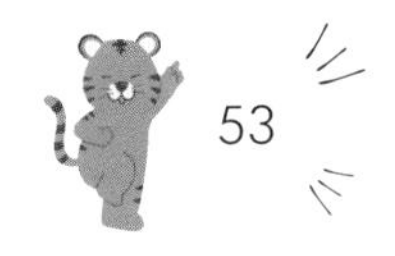

人設想，例如：知道午休時要輕聲細語，不要吵到睡覺的同學；同學缺席沒來，玨縈也總在第一時間發現，並關心他們缺席的原因。

由在學校的點點滴滴發現，玨縈其實也是個心思細膩的孩子，只是比較不會表達，所以在與友伴的相處過程中，仍在學習與探索，但逐漸可以看到她的改變。

「一枝草，一點露。」從玨縈的身上，我看到了生命的堅持與韌性，相信未來的路，玨縈會走出屬於她自己的一片天，我深深地祝福她。

玨縈國小班級導師 張鈺淨

|第一月台|

旅程一定要有計畫才值得期待？

起點站｜來不及疼愛的孩子

牛年寶寶離開的契機，啟發我跟後來孩子的緣分

2009年，我在牛年懷了一個寶寶，那一年我30歲。初爲人母的喜悅無法形容，我滿心期待能夠親手抱著自己的孩子，讓他睜開小小的眼睛瞧瞧這大大的世界。

然而，在孩子五個月大時，因爲臍帶緊繞而失去心跳，我不得不接受引產。面對這個事實，我內心非常懊惱和難受，心想著——容易有了你，爲什麼你卻選擇在這個重要的時候離開？

周圍很多長輩與親朋好友紛紛安慰我，教我要懂得釋懷與放下，我也認眞思考，或許我跟這個無緣的小孩相互之間，還有個別其他事要處理、各自有各自所謂的「功課」吧，我於是在心裡，跟無緣的小孩說說告別與祝福的話語：「未來你將會更好。」

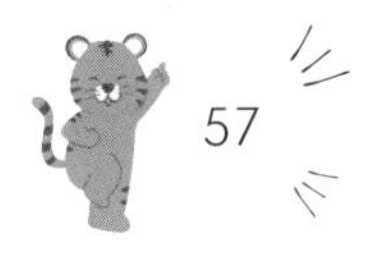

我希望他能夠在天堂，感受到我從人間散發予他的無盡關愛。

迎縈筆記

引產並非單指流產，在懷孕超過14週以後，隨時都有可能發生。可簡單區分成以下三種情況：1.孕期足月仍無產兆，健康胎兒引產、2.孕期滿24週，早產兒引產、3.孕期大於14週，流產引產。因引產過程較長，通常需安排住院，術前簽署手術同意書，引產當日醫護人員會在點滴中加入催產素，促進子宮收縮，並在陰道塞入前列腺素，用以軟化子宮頸。隨宮縮次數與強度增加，最終採自然產的方式產出胎兒。若為流產引產，引產前醫生會依情況使用羊毛穿刺對胎兒注射藥物，讓胎兒心跳停止後才能進行引產。

（資料來源：優德莎莉官網）

在失去孩子的同時，我遭遇到另一個困境：公公身體不適，我跟著婆婆前往醫院，陪伴公公掛了肝膽腸胃科門診，過了一個禮拜再回診以及看報告，醫師表示公公必須住院，尤其公公的肝臟有膿桿菌，需要施打抗生素。在治療過程中，公公的身體狀況沒有明顯地改善，醫師後來安排內視鏡檢查，進而得知公公的膽道竟有一顆腫瘤。

當下，我想到小孩跟我無緣，他知道阿公生病了，我必須要先照顧阿公。頓時，我感到煩躁不安，真的不知道該怎麼辦才好，開始找人詢問一些與膽道相關的問題，例如要到哪裡求醫比較適合？我根本無法專心坐月子，後來公公轉到高雄長庚醫院接受治療，醫師告知，公公的餘生只剩大約3個月至半年時間，希望我們認真規劃公公的未來。

照顧公公，或許是一段很艱辛的過程；但是對我而言，關心與孝順長輩是十分理所當然的事。尤其，我深深明白，公公剩餘的時間很有限，因此，我更加珍惜和他相處的每一分每一秒。這段日子十分珍貴，我不僅能夠深入了解公公的生活習慣、與他相處的方式，這份責任感也讓我更加成熟，讓我更懂得珍惜每一個與家人相處的機會。

同時，這段經歷，也對我的教育理念產生深遠地影響，讓我深刻體會到關懷、孝順和奉獻的重要性，這些都是我想傳達給孩子的寶貴價值觀。照顧公公的這段經歷，不僅讓我更加珍惜與家人相處的機會，也更加懂得如何關心他人。

玨縈手繪圖，小朋友的想像力真是無限

第二站｜孩子一次來三個算是中樂透嗎？

人工受孕成功後像搭上雲霄飛車般刺激

2010年，公公的健康狀況每況愈下，我非常擔心沒有機會讓公公抱抱他的孫子。因此，我決定前往彰化基督教醫院婦產科尋求幫助，希望透過人工受孕的方式，實現這個願望。然而，醫師看了病例之後表示，由於我剛剛經歷引產，我的身體並不適合進行人工受孕。雖然我感到很失望，但我沒有放棄，更決定向高雄長庚醫院婦產科黃富仁醫師求助。

迺縈筆記

所謂人工受孕，就是在排卵日將處理過的優質精蟲直接注入女方體內，讓精蟲及時地和卵子相遇。因此，進行人工受孕需有一定的條件；女方輸卵管必須通暢，男方精蟲數及活動力需要達到

一定標準。和試管嬰兒的費用相較，人工授精相對便宜很多，但成功率只有20%。

（資料來源：茂盛醫院生殖醫學中心）

黃醫師也認爲我的身體狀況並不適合進行人工受孕，但當我提到公公的病況且公公的餘生只剩半年時間，黃醫師被我的誠心打動，決定幫我實現這個願望。他開始安排各種檢查和治療，直到最終，我成功受孕了，並且一次就懷了三個孩子！我剛得知肚子裡有三個寶寶時又驚又喜，以前只看過三胞胎新聞，沒想到這次換自己中了「樂透」。

然而，在懷孕期間，我遇到了許多無法想像的挑戰，膨漲三倍的快樂很快就「消風」了。由於我的子宮太小，三個寶寶待在裡頭發育十個月，可以想見未來這個擁擠的小房間會對孩子的成長產生不利影響，於是黃醫師建議減一胎、以便能夠保留兩個孩子。

「減一胎是什麼意思？是讓已經出現的生命消失嗎？」這個看似單純的數學題目讓我緊張又困擾，不知道該做哪一個選擇才是正確答案。

懷上多胞胎的父母不得不面對的一個現實是，要不要「減胎」？通常建議懷孕10週之後再進行減胎，原因是10週以前，胎兒有可能自行淘汰不良的胚胎，因此等10週之後再觀察比較保險。

醫生同步幫我做超音波，說明現在需要減少哪一個胚胎時，我很害怕，怕自己做出錯誤的決定，然而，卻也沒有退路了。最終，從細部的檢查與評估後，醫生表示要減掉下面那一個胚胎，我請教醫生，當初不是說要減掉上面那一個胚胎嗎？醫生告訴我，上面這一個胚胎長大了，出乎意料地，上面的胚胎居然長得比下面那一個還要好！……我和我的胚胎因此第一次產生難得的母子連心。

當我在手術室時，我非常害怕和疼痛，光打麻醉藥，挨了五針才成功，但是我告訴自己要加油，因爲這件事對我和我的家人非常重要，醫生也不斷安撫我，要放鬆心情面對，還跟我聊天，使我轉移心境，讓我得以平復緊張的心情。我非常感激黃醫師，若沒有他的陪伴與專業處理，我真的不知道要如何面對這次的艱難處境。

被許多人疼愛的玨縈

第三站｜媽媽從來沒放棄

綁橡皮筋的胎盤，是救活寶寶的希望！

手術完成，直到進入病房休息後，我始終感到不安，擔心自己是否做了錯誤的決定。兩天後出院，回到彰化休息，惡夢隨之而來——我持續出血。

高雄的黃富仁醫師，建議我就近到彰化基督教醫院婦產科，請陳明醫師幫我做檢查；陳醫師表示我需要住院安胎。住院幾天，稍稍穩定後，我出院回家；但不到幾天，狀況又不好，我又開始跑醫院安胎，這樣來回好幾次，最後，六月初，我再次進醫院安胎。護理人員向我表示胎兒喜歡甜食，建議我可以多吃一些甜食，雖然我並不是喜歡吃甜食的人，爲了順利安胎，我開始改變自己的飲食習慣，開始三餐都吃布丁和喝甘蔗汁，這一切只希望胎兒能平安長大。

迎鶯筆記

如果有子宮收縮（每10分鐘或更短時間內，有一次子宮收縮持續在10秒上，維持1小時）、下背部鈍痛、腹部痙攣、骨盆受壓迫感（覺得好像胎兒往下推）、陰道分泌物增加或改變、陰道出血，或是孕婦因為太累、勞動過多而導致的腰部痠痛，此時最好的處理方式是臥床休息，如果情況持續發生、沒有改善，便需要就醫看診並安胎。

（資料來源：馬偕紀念醫院）

安胎期間，我曾經多次進出醫院，多次施打公費和自費的安胎藥，如此，情況一直持續了兩週的時間。安胎的過程非常辛苦，但我不想放棄，因為我知道我不能錯過這個難得的機會。

安胎進行一個多星期後，我的子宮又開始宮縮，按了急救鈴緊急請來護理師，護理師進來一看，嬰孩的頭已經到了子宮口，於是趕緊把我推進產房，請陳醫師前來接生，孩子一出生，陳醫師便告訴我，這個嬰孩無法已急救，因爲他的頭已經變形了。

護理師抱他來讓我看看並摸摸他，看著這小小的軀體和殞落的生命，我難過地淚流不止。這孩子竟然和我只有21週的緣份。

這時候醫生接著說，中間這個嬰孩的胎盤必需用消毒後的橡皮筋綁起來，再把胎盤推回肚子裡，否則子宮裡空洞太大，上面那一個僅存嬰孩將無法繼續安胎。這時我已經知道，這排行第一卻是碩果僅存的孩子是個女生。

後來，醫生走進病房告知，我必需花費一支上萬元的藥來安胎，那支藥可以施打兩天至三天，價錢約2萬多元，我告訴自己：也是非打不可，我不能這樣就放棄。於是，簡直「藥命」的苦日子開始了，我一邊施打公費的安胎藥劑（也就是「健保安胎針」），一邊要再施打自費的安胎藥劑。孩子從三個變一個，安胎劑卻得加倍。

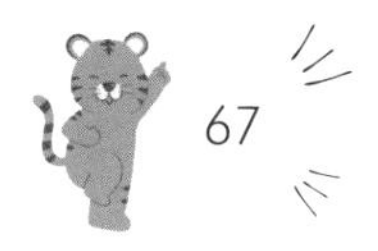

迎螢筆記

安胎針是由黃體素組成，也是懷孕初期的安胎藥，可分為健保給付與自費兩種。自費安胎針除了能抑制子宮收縮，還能減緩副作用。注射一針可維持約19～20小時的安胎效果，安胎針副作用較少，但注射時可能產生疼痛感。

（資料來源：媽咪拜MamiBuy）

辛苦的日子持續了兩週。某日晚上，我正在病房用餐時，護理師走進來說，我的白血球數值已經增高到24000了，陳醫師說有可能需要儘快把小孩抱出來，請我不要再進食。得知白血球數值那麼高，我心裡有種說不出來的恐慌，但我閉起眼睛，在內心跟肚子裡的孩子說：「**媽媽沒有放棄妳喔，希望妳也能努力和堅持下去。**」

能體會母子連心的存在

其實我很焦慮，又不知道該怎麼辦，只能聽從護理師要我先施打抗生素，明天再抽血觀察白血球的狀況，等待的過程真的很徬徨無助，「如果我真的怎麼了，孩子該怎麼辦？」

好不容易煎熬了漫長的24小時，再次抽血檢查，白血球數值已下降到19000/ul。

迎縈筆記

白血球數值過高時，有很多原因，輕微的可能是因為壓力，或身體某部位受感染、發炎，嚴重則可能是組織壞死、自體免疫疾病、癌症，或甚至是白血病（血癌）等。

（資料來源：療日子）

第四站｜十元硬幣大的小腳丫

彰基第一位巴掌寶寶誕生

白血球數值降到19000/ul之後，醫生評估我的身體狀況仍有待觀察，每天都要進行抽血檢查。我嘆了口氣，「原來還沒進入安全帶？」

隔天再次抽血，沒想到白血球數值不降反升，升高到醫生不得不說「準備開刀生產了！」這突如其來的消息令當下的我湧起莫大的無助感，我只能不斷摸著肚子跟孩子說：「**媽媽迎接妳出來了，媽媽從沒放棄妳，妳也要堅持下去喔。**」

進手術室後，陳醫師聯絡新生兒小兒科、麻醉科醫師就位，醫生們給我帶來安定感，我已準備好和大家聯手來迎接這個小生命。

2010年6月23日下午玨縈呱呱落地，正式和這個世界打照面，但我沒能和她見上一面，新生兒小兒科蕭建州醫生就得立刻接手，緊急將孩子送往加護病房。

一般的新生兒在母胎裡約38至40週，出生體重爲3200公克，而玨縈出生週數只有23週，出生時體重只有480公克，後來又脫水至420公克。身長只有26公分的玨縈，當時的小腳丫約僅僅十元硬幣那般大。

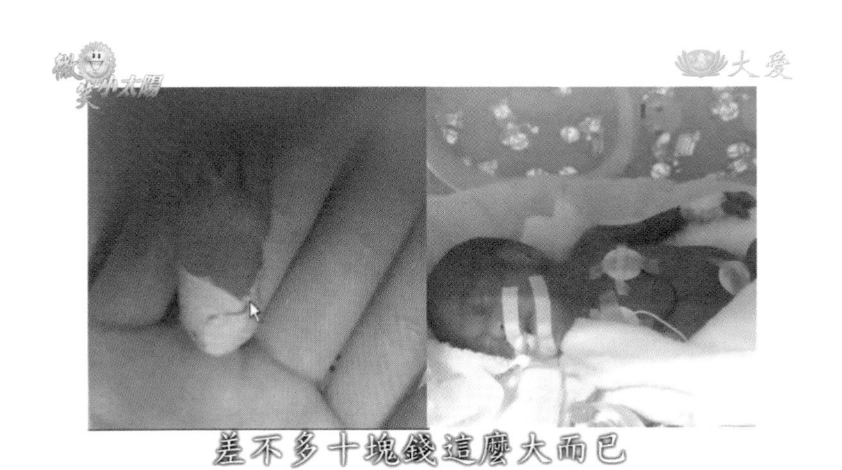

迎縈筆記

新生兒的相對體表面積比成人還要大，消耗的水分相對比較多，容易出現生理性脫水現象，而且寶寶出生後，就開始呼吸、排汗、大小便，這些都會導致失去水分，造成新生兒體重下降。

（資料來源：添喜產後護理之家）

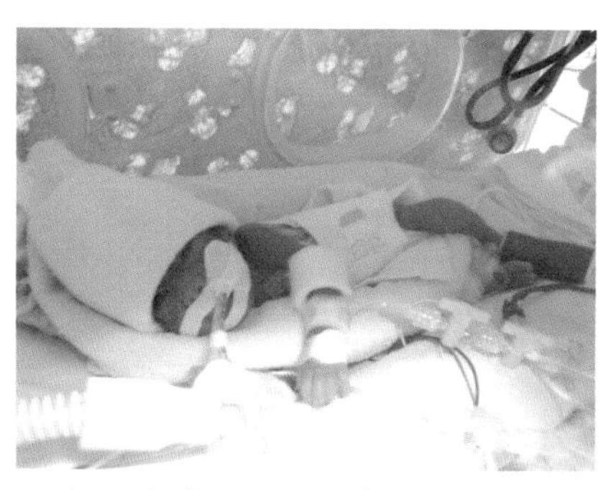

早產照片（剛出生時）

皮膚因包太多紗布、插太多管，所以皮膚爛爛的。

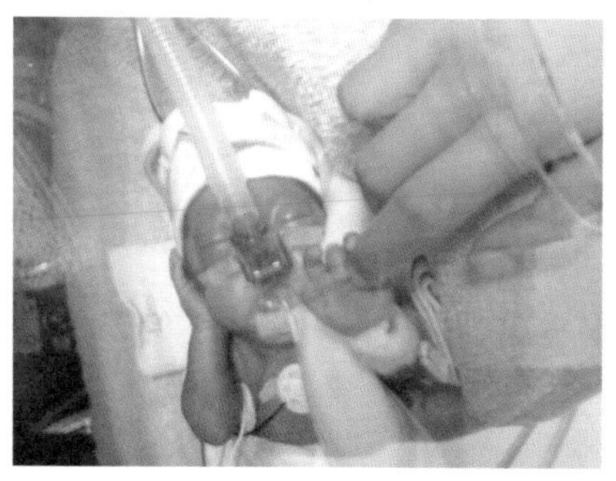

狀態穩定了，媽媽第一次摸到玨縈的手。

傍晚，從手術室回到病房，我忽然高燒不退，陳醫師告訴我，可能要轉進加護病房，避免高燒引發敗血症。據說敗血症是感染所引起的全身性發炎反應，當人體免疫能力不足且被細菌大量侵入，細菌會在血液內繁殖，產生毒素導致人體各器官能受損，嚴重的話將造成休克及器官衰竭。我相當害怕要處在成人加護病房的環境，尤其，冷冰冰的空氣中，瀰漫消毒水的味道，以及儀器運作的聲音，絲毫沒有一絲絲暖意。還好，婦產科陳醫生很貼心地爲我安排了個人房，安撫我油然而生的恐懼感。我打起精神，默默跟珏縈說：「孩子，媽媽和妳一起努力面對這個世界。」

我必須施打很多的抗生素，因此不可以餵食母奶，但也爲了不斷奶，未來能讓珏縈喝到營養的母奶，我一隻手打點滴，一隻手連接探測生命跡象的儀器，在護理師的協助與幫忙下，硬著頭皮把不能用的母奶擠掉。

迎縈筆記

抗生素使用時機非常多，且許多時候是救命藥物，抗生素的功能包括：治療細菌感染造成的疾病和症狀、調節免疫、常用於開刀前，預防傷口感染。抗生素使用的方法包括口服藥、針劑（用於嚴重感染或無法口服的病人）、眼藥水、治療眼睛細菌感染、耳滴劑、植入物。

（資料來源：康健知識庫）

玨縈的爸爸會客時，會告訴我玨縈的現況。他說，醫生提到，新生兒不足周出生時還小，可能將出現很多症狀，例如：眼睛看不到、腦袋發育或是身體發育不完整……如果遇到這些問題，需要對玨縈施以急救嗎？我不假思索，斬釘截鐵說「要！」這孩子和媽媽一起奮戰那麼久，即便身體有機率出現缺陷，我從來沒有一絲想要放棄她的念頭。如果日後眞的出現狀況，我相信那是她今生的功課，我已經準備好要和她一起修習與超越。

後來，醫師發現玨縈的心臟瓣膜無法正常閉合，需要以手術治療。手術期間，我仍不斷地跟玨縈加油打氣，我在心裡向她說「媽媽不會放棄妳！」手術後，小小的玨縈清醒了，她幸運地度過了人生第一場手術與關卡。

迎縈筆記

心臟二尖辦閉鎖不全的症狀隨病情而異，急性二尖辦閉鎖不全因未及產生代償作用，因此將產生較嚴重的症狀，且症狀類似鬱血性心衰竭，包含呼吸困難、肺水腫、端坐呼吸，以及陣發性夜間呼吸困難等。

（資料來源：康健知識庫）

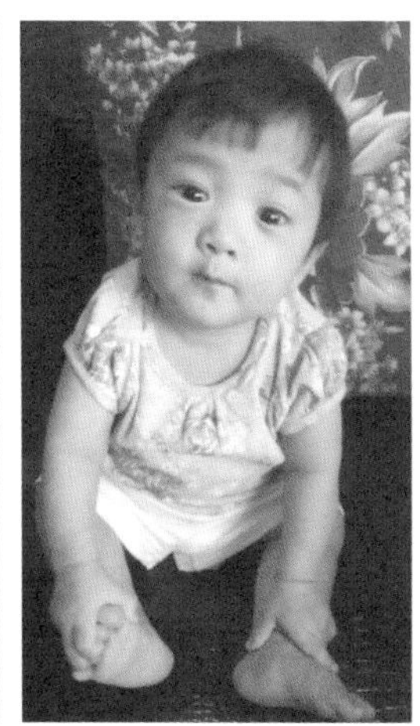

即使是早產兒，養育過程中遇到種種困難，但還是可以養得白白胖胖的。

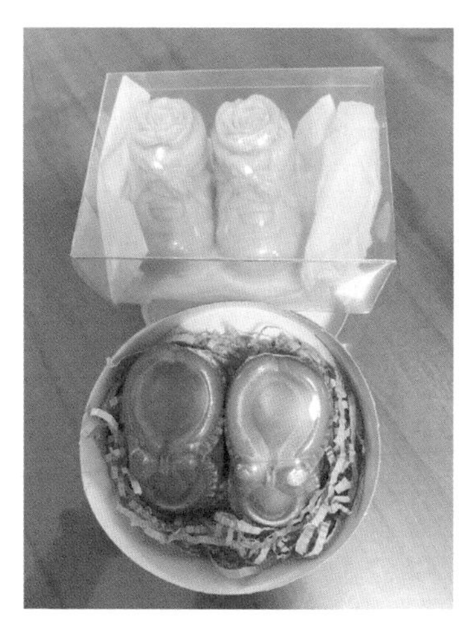

用母奶做成的肥皂

|第二月台|

旅程中的波折起伏，我撐得住嗎？

第五站｜艱苦路上，隨喜善緣

倒數離開加護病房的日子

之後，醫生告知，如果玨縈的眼睛沒有接受治療將會失明。聽到這個消息，我心裡有點難過，但當下仍接受醫師建議，先自費讓玨縈打2500U/ml、一眼6萬多元的針劑，做進一步觀察，但沒想到效果不如預期，醫生便說可以嘗試換做雷射治療。

第一次雷射治療的效果也不顯著，必須再施打針劑，當時，我很心疼玨縈，她還是這麼小的一個嬰孩卻要挨那麼多針。接受治療後，醫生仍表示玨縈的眼睛狀況並不理想，便詢問我們是否嘗試自費的針劑，這款針劑專門用來治療老人眼疾，兩眼分別施打一次針劑，費用共12萬多，一眼一針需6萬元，三趟治療，一至得買六支，在藥廠優惠下仍需花費20幾萬元。

我和玨縈的爸爸討論後，認爲若花20幾萬有機會換來孩子一輩子健康的眼睛，也許短期內經濟負擔大，但長遠來講我們能爲孩子換來幸福的保障，這絕對是值得的投資。

感謝天！這價值不斐的針果眞幫助玨縈的眼睛慢慢好轉，剩餘的4支針劑，我便不具名捐給其他有需要的早產兒。一般早產兒體弱多病，治療身體與疾病所費不貲，這通常是年輕爸媽容易遇到的窘境，治療費造成的沉重負擔不是一般人能夠想像。將心比心，我希望我的作爲能夠幫助到更多早產兒。

產後，我身體較爲健康時，母奶自然非常足夠，還拿去做成母奶肥皂，幫小孩洗澡。而當時，有一名罹患癌症的母親，她的孩子沒有母奶可喝，在護理師引薦之下，我就捐出我的母奶。出力可以完成一件事，不一定要花錢，捐母奶讓我跟陌生人結下善緣。

捐母奶的善行對我來說微不足道。當初我只是抱著如果自己擁有越多，就要盡己所能奉獻越多，給予更多需要的人。這樣的人生觀，幫助我走過許多人生的低潮期。人們常說：「有夢最美，希望相隨」，我想延續更多愛與希望，給需要加油打氣的人。這也是我不計代價生下「玨縈」——「玨」（絕）對會「縈」（贏）——的初衷。

在陪伴與照顧玨縈的過程中，也面臨許多早產兒經驗的點點滴滴，玨縈當時體積過小，通常早產兒的尿布都是我們買成人的衛生棉，再請護理師協助加工成早產兒的尿布，也因為多次打針與貼膠布的緣故，玨縈一度皮膚潰爛，我只能默默鼓勵她，與她對話，幸好玨縈的求生意志堅強，撐過了醫生評估的3到5天關鍵期。

玨縈的健康狀況逐漸穩定，慢慢地可以不須再仰賴呼吸機與氧氣插管，而換成一般的「豬鼻子」氧氣罩。這時候護理師便鼓勵我們做「親膚互動」，可以抱抱她、感受和聽聽彼此的心跳；這也表示玨縈即將離開保溫箱，呼吸這個美好世界的空氣了。種種跡象都在倒數著玨縈離開加護病房的日子，很幸運地，玨縈的健康狀況終於穩定，在加護病房待到過年前，可以出院了。

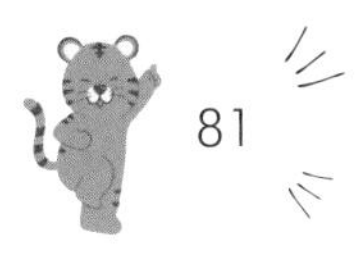

第六站｜
小腳丫，也要大步邁開人生步伐

即使輸在起跑點，也可以努力迎頭趕上

玨縈出院之後仍固定回診，小兒科醫生說玨縈必須安排早療復健▤，因爲早產的原因，每個月都要回診檢查玨縈的發育是否跟一般小孩發育相同。玨縈的發育狀況比足月小孩慢了半年以上，開始復健的過程十分辛苦，醫生安排玨縈每周回診，接受物理治療（走路）、語言治療（說話）與職能治療（手部協調）。

聽醫生說，每個小孩應該把握在六歲之前這個黃金期作復健，以免長大後若行爲能力跟不上別人，容易產生自閉，做復健是帶給他信心。我也聽說，有的父母怕小孩去復建會被貼上「有問題的小孩」的標籤，但如果連父母都逃避，還有誰能幫助他們呢？。

迎縈筆記

「早期療育」是指為了讓發展遲緩或有可能發展遲緩的孩子能夠儘早克服發展遲滯的現象，趕上一般孩子的發展或者減少日後生活產生障礙的機會所提供的整體性服務。若是越早接受療育與機能訓練則效果越佳。不但能使兒童的潛能得到發揮，各項機能得到充分的發展協助，對爾後家庭負擔與社會成本亦得以減輕。

早期發展影響著一個人未來人格及各方面的發展（例如：認知、語言、情緒等）。同時這個時期也是幼兒發展潛力最大的時期，因此如何及早提供各項刺激，促使幼兒在寶貴階段得到適當的協助就益顯得重要。

（資料來源：台北市早療教育服務網）

在復健過程中，因爲早產兒的腳相對較小，一般童鞋通常不會製作那麼小的尺寸，找尋適合玨縈的鞋子時費了一番苦心，最後我竟然在運動用品店找到尺寸合適的鞋子。

帶著玨縈每週持續回診練習，訓練走路與平衡感，當她開始能夠走穩時，每一步都能激起我們心中的感動，玨縈來的較早，現在她也能走上人生的正軌，雖然訓練過程十分辛苦，但我們都沒有一絲放棄的念頭，反而樂觀地陪著玨縈一步步地跨越不得不面對的難關。

玨縈穿過的這雙鞋，清理過後，捐贈至彰化基督教兒童醫院，希望透過這雙鞋，幫助更多早產兒順利接受治療，這也成爲了我們邁向回饋社會、從事公益的第一步。

玨縈慢慢地成長茁壯，變成圓潤樣貌的可人兒，因此我相信早產兒即使輸在起跑點上，只要經過爸媽後天的用心與努力，也能變得與常人孩童一樣擁有健康的身體。照顧玨縈的每一刻，我始終如此堅信：一個眞心向善的念頭，是最罕有的奇蹟。

人生就像在寫功課，功課寫得好，老師就會爲你打優等的分數；同樣地，只要你將眼前的路規劃好，人生就會有好的開始。因此，正向的理念很重要，人的一生當中一定有喜怒哀樂，遇到升起怒氣的情境，要以平常心面對；哀傷時，要平靜；快樂時，要珍惜。這樣生活，才能讓人生感到喜悅，喜悅能帶來很多驚喜，珍惜每一天，樂於時時刻刻的生活。身爲父母，多多鼓勵孩子，等於在鼓勵自己，你我都有可能面臨想像不到的挫折，都需要被鼓勵或自我肯定，玨縈生病時，我一直都在她身邊鼓勵她，希望她不被病魔打倒。

復健時依然笑容滿面的玨縈

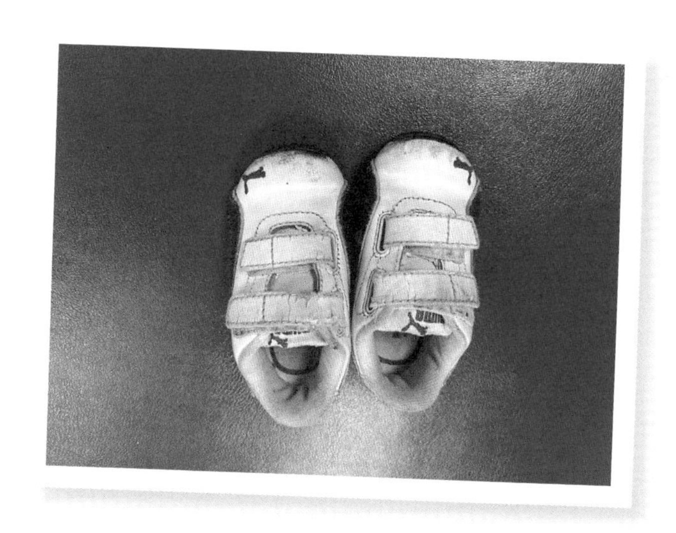

玨縈的第一雙鞋，玨縈穿了之後持續進步，
也穿著去做公益。

練習夾小豆子，非常開心

第七站｜回鬼門關再走一趟很需要勇氣

對抗癌症魔王，早產兒也不願認輸

2012年的年中，玨縈滿兩歲。某日因為發高燒拉肚子，送到醫院做檢查，醫生說玨縈罹患「肝母細胞瘤」，應該是癌症，請我們做好心理準備。當時的我很錯愕，拿著ＣＴ片（電腦斷層掃描），含著淚獨自搭高鐵到高雄長庚醫院，詢問肝臟權威林育弘醫師與陳肇隆醫師，林育弘醫生說，因為腫瘤過大不適合現在動手術，只能先做化療，他立刻請醫生為玨縈安排治療。

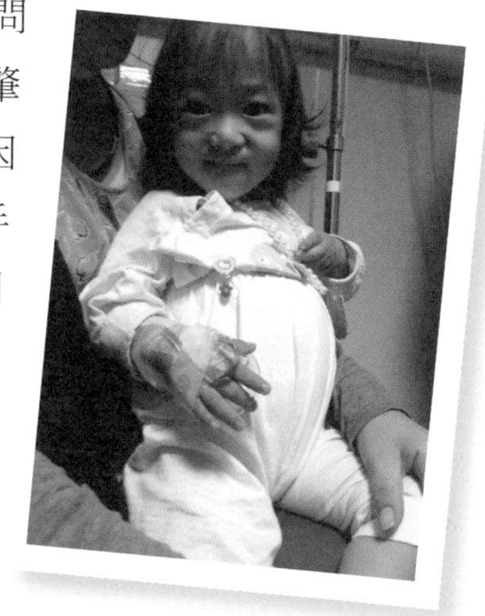

剛發病的時候，肚子裡的腫瘤好大好大，感覺隨時會破掉

迎縈筆記

肝母細胞瘤是一種罕見的癌症，發生在肝臟，好發於嬰兒到三歲左右的兒童，雖然肝母細胞瘤的癌細胞也可能轉移到身體其他部位，不過這種情況很少見。

（資料來源：Hello醫師網站）

血液腫瘤科的林明燦醫生說，玨縈當時的腫瘤已經16公分，每天醫生巡房時都告訴我：「媽媽妳要做好心理準備，這個腫瘤隨時都會破掉。」安排做組織切片的過程是漫長的等待，這對我們來說是種折磨，終於排到要做切片當天，機器竟然那麼巧就故障，焦急心切的我跟醫生說，我不想再等了，我要爲玨縈直接作化療，醫生表示如果決定這麼做，後果要自行負責。我跟醫師和我自己說，「我已做好萬全的心理準備」，當場就簽下切結書。

化療期間，我跟我先生輪流睡兩、三個小時，仔細看顧好施打化藥的那支針，深怕針會脫離玨縈幼小的身軀，因爲如果針掉了，具有毒性的化藥流出來，將造成玨縈皮膚潰爛。即便我們夫妻倆如此細心照料，腫瘤最終還是破掉了，玨縈紅血球數值快速降到4（正常數值是11左右），於是她又進了加護病房，萬萬沒想到醫生這時候拿了「病危通知書」要我簽名，我眞的不想簽（但我必需簽），我對玨縈抱著強烈的希望，但此刻我感嘆自己如此弱小，對病魔無能爲力，我既無助又難受。我想到玨縈好不容易從我的子宮裡掙脫出來，從巴掌大小的孱弱身軀一吋吋逐漸茁壯，當她正可以和一般孩子一樣正常生活時，卻又被迫要進入加護病房，我開始不清楚上天替我和孩子安排的這堂課到底有多難修，我似乎只是憑藉著一位媽媽的本能，不停地在心裡大喊「玨縈加油！玨縈加油！」，我多麼希望她可以再次度過難關。看著「病危通知書」，即便心情掉落在暗黑的谷底，我相信一定還有希望。

第二天，準備到醫院看玨縈時，醫生來電表示想幫玨縈換成最好的呼吸管，新的一支要八千元，醫生

可能以為我需要考慮一下（換做是常人多半會遲疑幾秒？），我二話不說立馬說「好」。

當時就算腫瘤已經破掉了，醫生要打止血針，我也都會去跟玨縈加油打氣，也非常感謝一位語言治療師與職能治療師，總是前來教我如何跟玨縈對話。從孩子在我身體裡準備孕育成生命的那一刻起，我就在學習和孩子對話。這一路走來，我深知對話能產生力量、萌生盼望，我也相信，深刻的對話也能創造未來。

除了與孩子對話，我也學習在心裡跟身體器官說話和溝通，我對玨縈的肝臟說：「肝臟，不好意思，姐姐的身體可能沒有把你照顧好，所以讓你鬧脾氣。我會努力跟她把你照顧好，請你不要鬧脾氣了。」這樣的溝通方式以及腦袋強烈的想法，好像眞得能夠帶動事情，讓事情產生轉變。我告訴自己，如果玨縈的病況好轉，我要去回饋更多需要幫助的人。

後來玨縈腫瘤的血慢慢止住，打化藥的成效讓腫瘤慢慢縮小，玨縈的身體狀況逐漸穩定後，終於可以

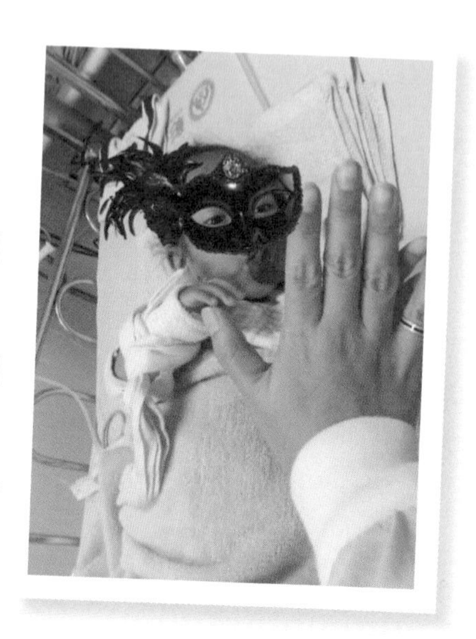

2012/10/08彰基醫院，加護病房

從加護病房回到一般病房。

只要堅持保持正向的心，以這樣的心境看待事情，我相信天無絕人之路。

剛做完檢查，罹患肝母細胞瘤的玨縈，當時腫瘤太大，還無法馬上切除。媽媽與妳一起不放棄喔！Give me five！

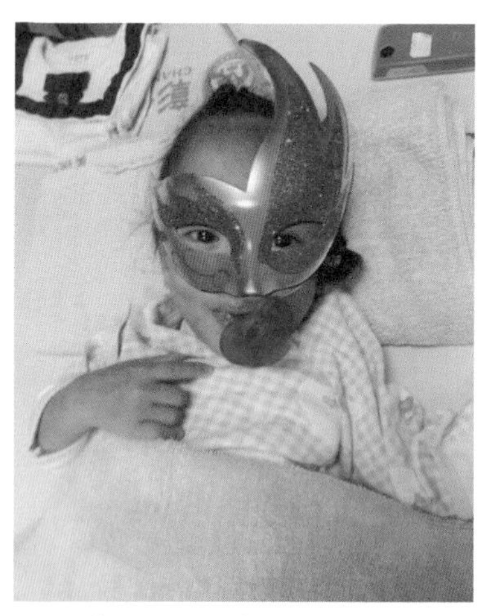

開刀幾天後，移到普通病房，玩樂。

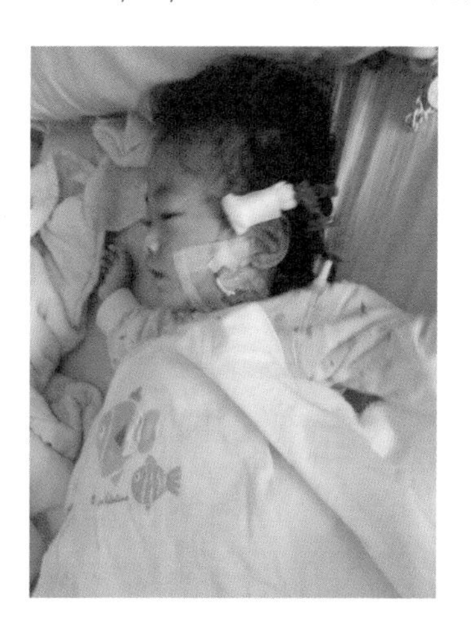

第八站｜
生命的另一半：孩子父親的溫柔陪伴

夫妻之間是心與心的相通

玨縈的爸爸每天都要早起上班，下班後總是犧牲在家休息的時間，直接趕來醫院陪伴玨縈，直到隔天早上。除了整晚待在醫院之外，隔天也會特別早起準備早餐，之後再去上班。連醫生也讚賞說，從醫以來，第一次看到有如此無私付出與陪伴孩子的父親。也因此，夫妻之間不僅有溝通的話題，爸爸在照顧玨縈的同時，我們彼此也能互相扶持；更加了解彼此看待事情的角度，以及各自承擔的辛苦。

我認爲夫妻之間，溝通、聆聽以及信任，是十分需要注重的部分，不能因爲害怕起衝突而不敢說出內心話，雖然溝通不一定能達成共識，但是，讓雙方都能了解對方的態度與想法，才可能眞正理解與包容彼此，不要在感到委屈時獨自承受，夫妻之間用眞心溝通，才能獲得彼此的信任與尊重。

面臨困境時，夫妻更要同心，才能得到更多解決問題的機會，最終也才不後悔，更不會對小孩的未來造成不必要的陰影，影響小孩寶貴的成長過程。

有句話說：「嘴齒呷嘴舌尙麻（合），有時袸嘛會相咬」；意思是指——牙齒和嘴唇天天相處在一起，雖然有各自的位置和專長，但有時還是會互相咬到。

兩個人能成為夫妻，有一部分是相愛、有一部分是緣份，夫妻倆來自不同的家庭，婚前是情侶時，總是能夠互相包容體諒；成為夫妻之後，卻容易忘了包容體諒。

彼此應該好好珍惜這段情緣，不要以為天天相見日日相處，就忽視了愛人的存在或是覺得愛人可有可無，當愛人變成了仇人了，家庭將會淪為戰場。

夫妻之間是心與心的相通，不需要互相掰手腕，遇到棘手的事情，彼此若願意各退一步，並不會失去半點尊嚴，猶如我們用嘴巴吃東西時，慢慢地用牙齒

咀嚼食物，舌頭自然不會受傷。

在許多兒癌的家庭裡，夫妻總是面臨到相處的困難，例如因爲小孩生重病，身爲父母親心裡十分煎熬，對彼此之間的容忍與包容都會下降，夫妻關係連帶地容易降到冰點。然而，另一半的信任，等於給了我信心和膽量。

我們夫妻照顧玨縈的方式，是無論彼此再如何忙碌，都會各自撥出時間「獨自」與玨縈相處，相對而言，也能獨處喘一口氣。而當角色互換的時候，夫妻更能單獨轉換不同角度，融入對方的處境與心境。

我總是抽時間讓孩子的爸爸獨自照顧她，而這說長不長說短不短的一小時之內，我就去理髮店洗頭或者去喝杯咖啡放鬆一下。玨縈的爸爸就算再忙，下班也會到醫院，盡到身爲父親的角色，毫無保留地關心女兒。

相信彼此、堅持信念、互相溝通，是兒癌夫妻之間滿重要的事，偶爾也可以角色互換、轉換心態，讓雙方各自能體會到日常生活中，對方所要面臨與處理的事情。

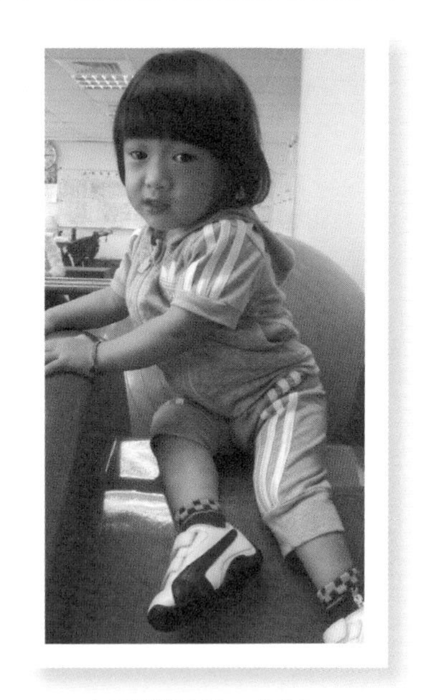

自己溜滑梯，好棒！

| 第三月台 |

旅程中若無起伏，怎會看到更棒的沿途美景

第九站｜不要怕，我們都在妳身邊

天使總會在身邊陪伴，如果你有仔細看到

後續治療的過程裡，也發生一些小插曲。曾經在打化藥之前，發現玨縈陷入休克狀態，專科護理師檢查後，馬上將她推上急救車，我的心情又跌到谷底，一切好不容易都穩定，誰料到又發生這種事？施打抗過敏的藥之後，玨縈的身體狀況才逐漸好轉。

在醫院時，都有貼心的護理師陪我們聊天，鼓勵我們。我總是思考，老天爺給予我這些考驗和挑戰，應該是祂相信，我一定有意志力可以度過每個關卡，而祂也在這些痛苦與艱難的關卡，安排許多小天使陪伴著我，所以我始終相信一切都會好轉。

我真心感謝護理人員，除了照顧兒癌小病患之外，還花費許多時間，給予我們這些父母在心靈層面上，很大的支持。

此外，玨縈生病時，有些小細節我仍相當堅持要做到，譬如我十分注重玨縈的午休與睡眠時間，晚上9點後就要入睡，讓肝臟好好休息。每個人無論年紀大小，只要生病，都應該注意睡眠，休養身體，因爲玨縈養成作息正常的好習慣，護理師們都稱讚她是最乖的小孩。

後來去長庚醫院做檢查腫瘤，確認開刀細節，醫生說雖然腫瘤已經比較穩定，但是風險很大，隨時要做好換肝的心理準備。我感到很害怕，一想到如果換肝之後，萬一玨縈的身體發生各種意外狀況，我將無法面對。在準備開刀的前一天，我和先生討論後，決定帶玨縈去義大遊樂園住一天，讓玨縈開心地玩樂一整天，爲她留下美好回憶。

看到玨縈快樂的樣子，我們夫妻也跟著開心起來，我的緊張感與不安定感同時獲得舒緩，這一天的旅程，像是一趟安心的儀式，讓我們一家人都覺得「我們準備好了」。旅程結束時，我看著稚嫩可愛的玨縈，和爸爸一起和她約定：「無論如何，我跟爸爸都會陪在妳身邊的。」

隔天一早，送玨縈進手術室後，我在手術室前竟然感到莫名地緊張，心跳加快，無法安定。我和玨縈的爸爸緊緊相抱，祈求幸運之神蒞臨。

2013/02/18到高雄天悅飯店

手術結束後，醫生慢慢走過來，直到他說「一切順利」，我心頭上的沉重感瞬間消失，整個心情才能安定下來。術後玨縈進了肝臟專門科加護病房，只能以視訊會客。

因肝母細胞瘤而進行化療，幾個月下來腫瘤逐漸縮小，終於可切除。安排了隔天到高雄長庚開刀，開刀時間長達8小時，先到義大遊樂園讓她過快樂的一天。

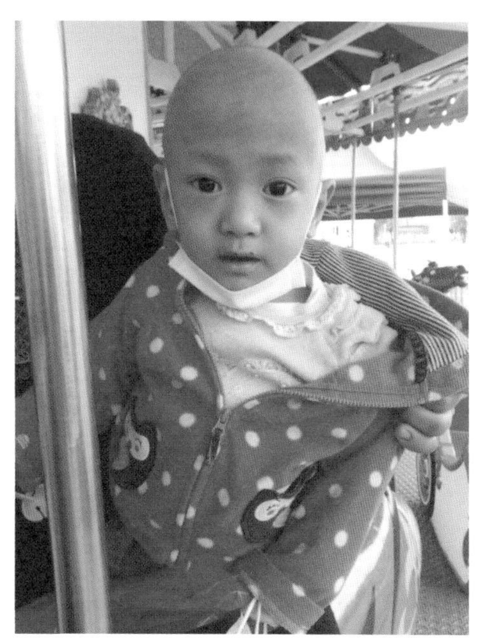

康復後精神很好，已經可以到處玩耍了！

第十站｜不曾放棄的每個小腳步

終於可以讓孩子迎向健康的日常生活

身體一旦出現了癌細胞，眞是件很麻煩的事啊！大人可以怪自己生活飲食習慣不好，怪環境中的致癌因子太多躲不掉，但孩子罹癌後能怪誰？雖然不淸楚爲何成爲天選之人，被老天爺指定要來修這門課，但是我總是告訴自己：只要相信天意，順應天命並常懷感恩，我相信，身體與心靈裡必定會找到這堂「超越自我」課程的解答。

雖然玨縈已經接受切除腫瘤手術，但當時她的體內還有一小顆腫瘤，位於最邊緣之處，不易切除，醫生決定等玨縈的身體狀況好轉之後，再做適用於小型腫瘤的電燒處理。

玨縈身上裝有人工血管，施打了第八次化藥，還接受手術，而人工血管有點不理想，導致藥可能滲

漏，因此或許需要在左邊裝設人工血管，我告訴玨縈：「希望妳身上的人工血管可以撐到化藥打完，已經剩下最後兩劑了。」

迎縈筆記

植入式人工血管座俗稱「人工血管」，是以皮下植入的方式，將一條導管連接靜脈，再接上輸注座，形成一個人工的傳輸系統，用來執行長期的靜脈注射；除了需要化療的患者之外，需要長期輸血、抽血，或是靜脈注射不易的患者，也可以使用人工血管。

（資料來源：Heho健康網）

玨縈很爭氣，使用原先的人工血管撐到所有化藥施打完畢，再去高雄長庚電燒腫瘤，在電燒前抽血檢查，意外發現玨縈在一次施打化藥後，輸血時感染了C型肝炎。我既驚訝又心疼，原來治療過程中潛藏了這麼多微小的風險，而一個孩子年紀那麼小就被迫經歷那麼多接腫而來的波折。

醫生說電燒仍可以進行，只是在開刀前所施打的點滴從玨縈的人工血管不斷漏出，醫師便決定打完麻藥後先取出人工血管再進行手術。開刀順利結束後，我們接玨縈回彰化就近照顧。

在彰基時，我們跟醫生討論如何處理小孩的C型肝炎問題，醫生建議我們去台中榮總與台大詢問是否能夠治療C肝。到台大醫院檢查C肝時，總共費了五次，才順利抽取到血液，血液檢查後，醫生建議先不用處理C肝，因爲檢查結果指數很正常，如有緊急狀況再掛號回診。

C肝會引起肝臟變化，所以我的心一直掛念著玨縈的C型肝炎，遲遲放不下心。經由朋友推薦到馬偕醫院檢查，結果與台中榮總的建議差不多，於是我們最後選擇在台中榮總穩定地接受檢查。玨縈也逐漸地健康長大，到了入學的年紀。醫生建議玨縈不要到一般幼稚園上課，因爲抵抗力不好，避免感染病毒，後來醫生開證明申請評估，讓玨縈進入特教班（小班制）上

課，減少被感染的機率。

術後，玨縈在醫院裡休養了一陣子，身體逐漸康復後終於可以離開病床出院。玨縈還有個小她兩歲的弟弟，也很爲姊姊的出院開心。弟弟當時（2012年）出生不久後，正逢玨縈患肝母細胞瘤，幸好家中也有婆婆支援，可以幫我帶弟弟，讓我帶著玨縈進出醫院時，家裡還有後援，眞的很謝謝我的家人們。

我帶著玨縈與她的弟弟，一起參加喜願協會舉辦的活動，到便利商店體驗一日小小店員，而我們全家人也首次出國遊玩。

我希望能帶孩子們多出去走走，看看廣闊的世界，感受大自然的美好，這些對一般人而言，再簡單不過的日常生活，卻都是玨縈當初躺在病床上，難以想像的活動，我很開心也很感動，玨縈能一步步走到這裡，而且從來沒有放棄任何康復的機會。

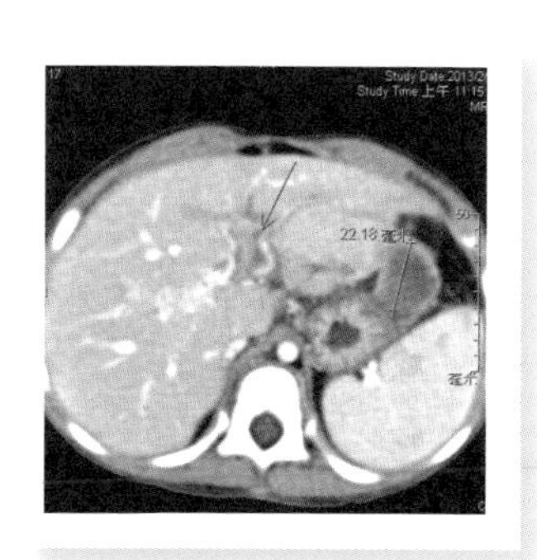

肝臟斷層掃描圖

2016/10/15中華民國喜願協會，協助癌兒圓夢，帶玨縈到日本。

2017/02/18全家小小店長體驗營

體驗繩索軌道及雲端攀爬，跟弟弟快樂遊玩

第十一站｜灌溉契機的種子

涙滴彙聚成的靈感，水滴杯架問世

在手術室前，因為徬徨，我也會難過也會哭泣，為了轉換心境，我總是隨身攜帶紙筆，寫下所思所想或者畫畫。以往玨縈生病，我帶著她四處奔波求醫，通常在早上買杯咖啡提神。而帶著孩子，提著行李，搭車過程中發現到，以往市售的飲料杯套都是軟式材質，行車若晃動，很容易打翻飲料，我心想，杯架如果是硬式材質那該有多好。

某次帶玨縈在醫院等待看診，我無意間在紙上畫出了一個杯架，一個眼淚形狀的杯架，淚滴的意象或許反映出我當下的心境吧。我留存手稿，在玨縈住院期間，手稿常在我腦海裡繼續衍生、變化，我反覆修改杯架的圖樣，越想越覺得這是可行的點子，想讓杯架從紙稿上誕生為實體的念頭愈來愈強烈。與先生討

論後，我們去找到了製造商，就這樣無心插柳地踏上創造「玨對會縈——水滴杯架」之路。

這是一種「平衡硬式杯架」，市面上沒見過這類產品。我親自參與了水滴杯架打板、定樣等每個細節與流程，站在一個母親的立場，我希望杯架一定要環保、無毒，一次次耐摔的試驗，確保父母爲家人買了杯架後可以耐久使用，省錢也環保。

淚滴，源於痛苦，也源自感動，也不乏喜極而泣、哭笑不得。而我相信，每滴淚，都能創造一點一滴善的循環，每個善念、善行，都能撫慰痛苦，都能化作感動。這個品牌的創立，也是身爲母親的我，希望玨縈可透過「有夢最美，希望相隨」的品牌精隨，依靠自己的力量，幫助其他需要幫助的人。

從玨縈年幼開始，我就帶著她做公益，在過程培養她保持積極樂觀、正向思考的習慣，我相信這應該是每一位父母，都希望自己的孩子能夠培養出的無價性格。我告訴孩子，每售出一只杯架，我們都要代捐10元挹注兒童癌症基金會。我常跟她說，希望每個人

不要封閉自己，要獨立，不要造成社會的負擔，要成爲幫助社會的人。我們要以身作則，從無到有，打造一個助人的事業品牌。

JY玨對會縈水滴杯架：www.jy990623.com.tw
（杯架打版照片、杯架生活照）

靈感的作品：印章

靈感的杯架：戶外測試

杯架草稿圖

第十二站｜一路走到現在的妳，好棒！

媽媽給玨縈的心內話

一直以來，我始終想跟玨縈說些內心話：

孩子，走好人生的路確實不容易，但是不要給自己太大的壓力，雖然妳現在生病了，這條路走得很辛苦，但是媽媽將無條件地陪伴妳，妳的生命是父母所賦予妳的；父母將陪妳一起面對人生的困境。

孩子，媽媽希望妳不要害怕，要對自己有信心，勇敢面對任何困難。漫長的人生總會經歷波折，無法一帆風順，希望不要因為一場病而放棄妳的人生，父母親將以平常心，與妳走向更美好的路程。每個人面對困境，不免抱怨和生氣，希望妳在發洩脾氣之後，還是能夠平心靜氣往前看。媽媽相信一句話：「你的心越寬，你的路就越寬。」

妳是父母身上的一塊肉，因此父母絕對不會對妳嘮叨、挑剔。當妳面臨人生的關卡時，有人會陪伴妳（醫護人員等等），他們猶如柔和的陽光般照射妳、給予妳溫暖。

而接受這樣的好意，並不是一件理所當然的事，沒有人一定要對妳伸出援手，妳要懂得感激他們，將這樣的好意以及陪伴妳走過這條路的人，都記在心裡，就像水滴湧到妳身上的時候，妳要記住那些點點滴滴。這樣做，等於是在累積妳自己的福分，若無心懷感恩，妳原本可走的路相對就會縮短。

只要妳經得起考驗，不哀聲埋怨，媽媽不求妳大富大貴，只希望妳平安健康長大。媽媽明白，妳的生病歷程很難熬、化療也很痛苦，父母在一旁看了也很難受，但是為人父母總是抱著比病患更樂觀的心態，殷殷盼望妳的身體一定會痊癒。就像妳小時候學走路時，跌跌撞撞，父母和妳從沒放棄任何學走路的機會，最後妳也學會走路，跌撞的過程沒有打敗妳，妳最終也是熬過來了。

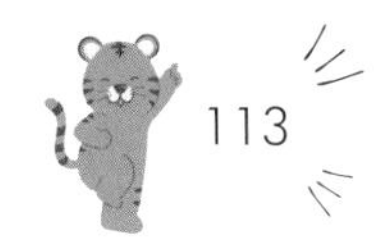

給往後的妳：

遇到困難時

該堅強就堅強

該放下就放下

想哭就哭

不要在乎別人非議

要學會忘記

把冷眼嘲笑當作鼓勵

就不會覺得委屈

我們是獨一無二的

你的努力成為自己

更有意義

要珍惜每個人陪伴與偶遇

永遠心存感激

《給珏縈的一首歌》

為什麼我們在人工受孕相遇
為什麼要讓辛苦方式對待我
我和妳在一起，在一起的努力
這份緣份埋在我心妳
我對妳的疼愛在心裡
母子連心都變成牽絆
妳的痛我最懂
妳哭泣我陪妳
這輩子註定與妳在一起
大聲說出我需要妳
時刻把妳放心裡
不怕病痛的妳
努力完成我對妳的期望
傳達母子連心的思念
讓我們一起產生愉悅的回憶
謝謝妳讓我遇到妳
謝謝妳也讓我疼愛妳

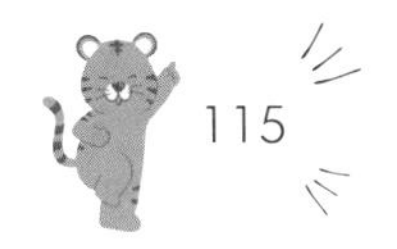

不管風風雨雨

只要妳願意努力

我都會永遠的陪伴著妳

開心玩水去！

第四月台

心越寬，路就越寬

第十三站｜離開溫室，每天都是新的挑戰

多方嘗試興趣，快快樂樂地長大

進入特教班（小班）接受教育後，玨縈開始接觸人群，但免疫系統還不算完全發育，相對也提高了感染的機率，雖然醫師提醒過，但沒想到這些狀況這麼快就遇到。玨縈陸續出現發燒、眼睛變紅的症狀，甚至突然短暫失明。就醫後發現，玨縈的眼睛被病毒感染，醫生特別叮嚀，如果玨縈的身體狀況不適合處在團體裡，應考慮盡量避免回到學校上課，或者可申請在家自學。

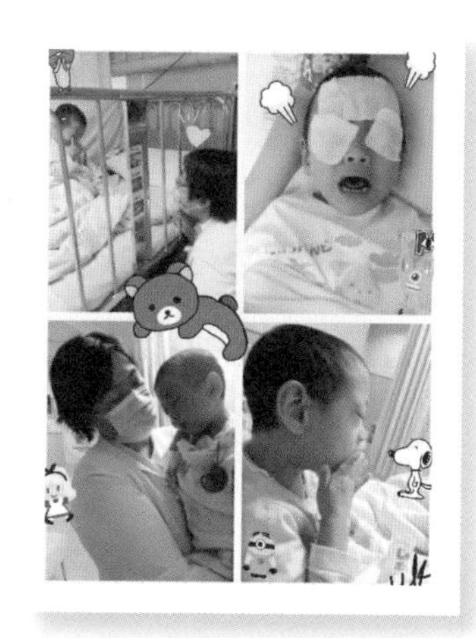

眼睛又開始出現症狀

這是健康之外一道新的難題。我認爲若不回校上

課，玨縈就無法接觸人群，對於玨縈而言，提早適應與面對社會，是一件好事，但考量到她的身體狀況，我還是決定在家細心照料她的身體，直到玨縈的狀況穩定好轉之後，再讓她回校上課，接觸人群並融入這個社會。我和特教班老師討論了我的想法，老師很支持，我也很感謝老師用心照顧玨縈。

特教班的課程內容，主要是生活自理與閱讀課外書籍。在玨縈就讀小學之前，我擔心特教班的課程銜接不上小學課程，於是幫她申請晚讀一年，而玨縈就讀一般幼稚園大班時，因爲跟不上課程進度，所以很不快樂，幸好玨縈是個樂觀的孩子，沒有掉淚與放棄求學，她慢慢地與環境磨合，並漸漸地適應。

我只希望玨縈快快樂樂地長大，課業成績不一定要名列前茅，發掘自己的興趣反而比較重要。所以我願意讓玨縈嘗試多方面的事物，例如：跳街舞、做餅乾⋯⋯，讓孩子知道更重要的是未來如何面對自己的生活，因爲父母沒辦法一輩子照顧她。

而，在玨縈開始上學之後，也跟弟弟有了更多的互動（之前玨縈在醫院的時間多）。我跟兩位孩子的溝通方式，不太拐彎抹角、很直白，說多了，其實孩子們也都懂。我常跟弟弟說「媽媽不是不陪你，而是需要先照顧姊姊，再照顧你。」因而也養成了弟弟的貼心、體諒的個性。

許多人常常會跟我說，兩個孩子是我上輩子欠的債，我從來不這麼想。對我來說，兩位孩子，都是來報恩的。他們有著不同的狀態、個性，他們來到我身邊，讓我學習了更多生命的課題。

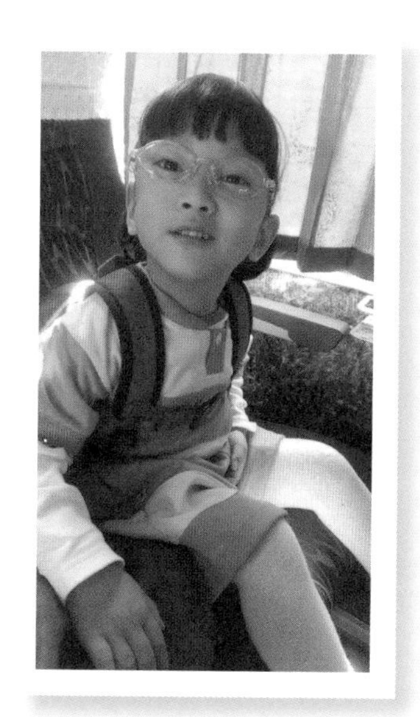

因眼睛因素，到大成幼兒園就讀特教班。

姊弟倆到學校上學，學校裡有同學、老師。

換句話說，這兩位寶貝，也是我的老師。

大成幼兒園畢業。

美利亞幼兒園畢業。

因仍需適應團體生活，及身體狀況調適，申請晚讀國小一年，先到美利亞幼兒園學習團體生活。

縣長獎

黃玨縈 同學在校期間勤勉好學，積極進取，品學兼優，堪為楷模。特頒此狀，以資鼓勵！

Certificate of Award

This certificate, accompanied with being graduated from the school for academic years, is awarded to HUANGJUE-YING for his/her academic distinction and excellent learning attitude, upon the recommendation of the school.

彰化縣長

魏明谷

Changhua County Magistrate

Wei, Ming-Ku

中華民國105年6月 June, 2016

府教幼字第 1050139189 號

玨縈拿過的獎狀

第十四站｜意外的訪客——突發的癲癇

「有一就有二」，真希望這指的是「好運」

在玨縈接受正規的幼稚園大班教育，一年之後，我感到壓力逐漸增大，深怕玨縈跟不上小學的課程進度，於是我開始獨自覓尋適合玨縈的學校，我跑遍彰化縣到彰化市的衆多學校，比較每一間小學的環境與師資，不厭其煩地和學校老師討論、釐清未來玨縈就學的可能問題。

最後，我爲玨縈選擇了位於彰化市的一間小學，因爲資源較豐富，而學校隔壁就是特教中心，我當時依舊很擔心小學老師不適合玨縈，然而，很幸運地，老師與校長都很照顧玨縈。

一年級下學期時，某日玨縈突然發燒，到診所檢查時，她突然整個人癱軟倒下去並且口吐白沫，我當下眞的嚇到了，恐懼之後轉爲害怕，明明玨縈的身體

狀況已經好轉，離開醫院將近五年，怎麼又突然發生新的病症，像老一輩說的「有一就有二」。醫生做緊急處置後，馬上將玨縈轉到彰基醫院做檢查，結果才發現是癲癇。

遇到了這些狀況也只能面對，我開始請教醫生後續該如何照顧玨縈，經過陸續追蹤三年，慢慢穩定後停藥、再追蹤三年，而每次上體育課或是戶外課程時，老師都會派一位助教照顧她，我也漸漸安心下來。

迎縈筆記

癲癇是一種神經性疾患，特徵為重複發作或長或短的嚴重抽搐症狀，可能會造成物理性傷害。大多數癲癇病例的肇因尚未釐清，在少數病例中肇因於腦損傷、中風、腦腫瘤、腦部感染或先天性障礙；而一小部分的癲癇病例與已知的基因突變直接相關。

（資料來源：維基百科）

2018玨縈帶玨淏進入學校，配戴布爲矯正弱視用。

2017/08/30到新學校。

美麗「心」起點｜獲得「好Young人物」品德勇氣獎

未來我要成為鼓勵早產兒與癌症兒童的人

玨縈就讀六年級那一年，讓我備感溫馨地是，她獲得了《國語日報》「好Young人物」兒少代表。兒童少年「好Young人物」，不僅是指「好年輕」，也因讀音「好樣」，意味著「好榜樣」，也就是兒少好榜樣人物。

這個獎項名額只有四位，選出「品德勇氣」、「多才多藝」、「社會參與」和「人生價值」四類兒少「好Young人物」。玨縈用自己的努力爲自己獲得這份榮譽獎項，這份榮耀並不專屬於玨縈個人的，所以玨縈得獎後，以同樂會的方式，買披薩跟大家分享，能跟同學共享這份喜悅，也是我從玨縈身上發現的特質。

資料來源：《國語日報》網站

https://www.mdnkids.com/content.asp?sub=1&sn=9764

2022兒童少年好Young人物

品德勇氣類

黃玨縈　無畏病魔　跨越艱辛做公益

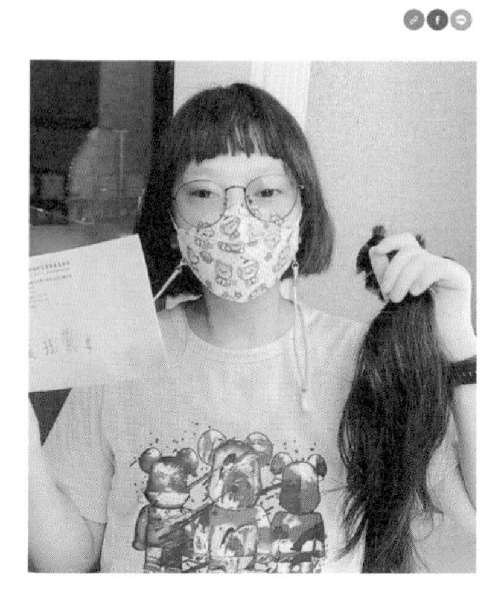

2023年國語日報刊登

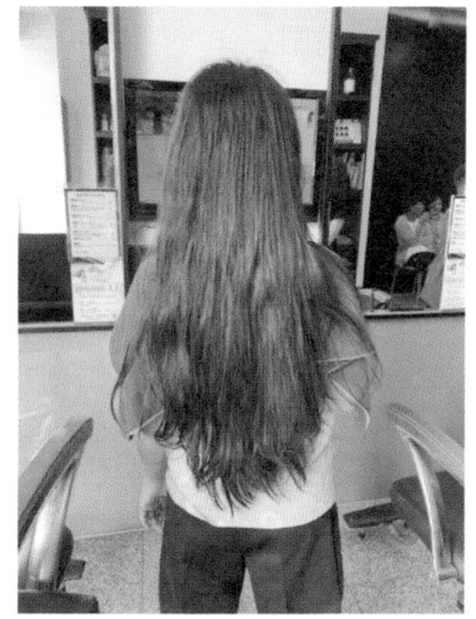

留了好長的頭髮，捐出去了！

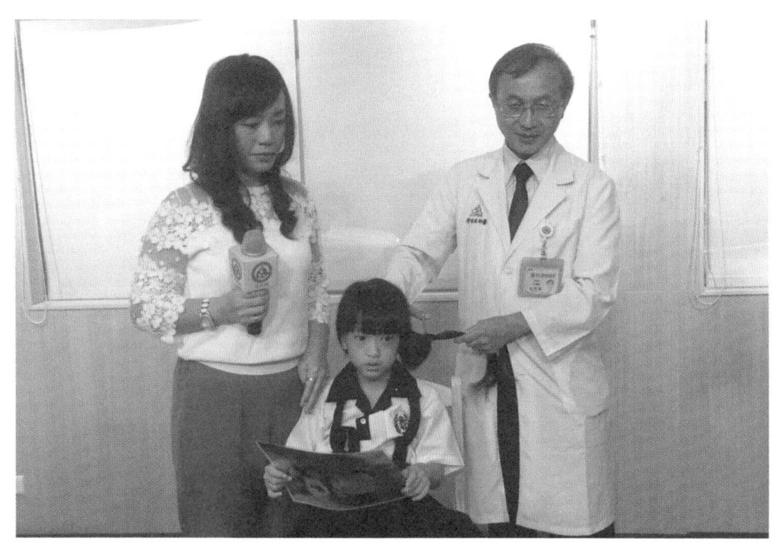

「巴掌仙子長大了 捐髮送愛祝癌友」記者會

入選事跡：

目前就讀彰化縣泰和國小六年級的黃玨縈，出生時只有四百二十公克，後來卻經歷肝母細胞瘤、眼睛差點失明，成長路比一般學童更艱辛，但她生性樂觀，經常做公益，定期捐髮，並研發杯架，捐出部分銷售所得。

得獎感言：

從小到大的生活，我需要面對許多的困難和痛苦，也開過刀，特別是眼睛，現在媽媽仍時常帶我去看眼科維護視力。能得到這個獎項，非常謝謝爸爸、媽媽、阿姨和醫生的幫忙，讓我可以堅強的活下去，未來我希望能用這筆獎金和我的故事，鼓勵更多有類似經驗的早產兒和癌症兒童的媽媽，幫助他們度過重重難關。

師長的話：

古昀昕（彰化縣泰和國小教師）

黃玨縈這個孩子，從小歷經了許多坎坷的治療過程，或許是在醫院和醫護人員相處較久的緣故，她和大人互動時總有顆細膩的心，時常能在細微的地方察覺到她的貼心。

在學習方面，玨縈除了積極的舉手回答之外，若是同儕有需要協助，總是義不容辭地耐心講解，將學到的知識分享給同學。開朗的她，在同學遇到瓶頸或心情不佳時，能細心的發現，即時送上鼓勵。

過往的人生經歷，使她在面對各種考驗時，能勇於挑戰，並主動去感謝幫助過自己的人，在這個年紀能時常懷有感恩的心，實屬可貴。

評審的話：

林龍森（華科事業群慈善基金會執行長）

從小抗癌的玨縈，充分展現生命勇氣。因實際需求發明平衡水滴杯架，解決問題，也讓有同樣需求的民眾因此受惠，影響深遠，足爲表率。

鄭淑華（國語日報總編輯）

　　玨縈一出生就飽受病痛折磨，在家人及自我的努力下終能抗癌成功，更從看病的經驗發想創作，與母親花了長達十年時間發明不易翻倒的水滴杯架，也承諾所得將捐助癌童。展現的不僅是堅忍的生命毅力，更是仁慈寬大的同理心與關懷。

黃聰俊（國語日報副總編輯）

　　黃玨縈走路常跌倒，所以學習跳街舞，訓練平衡感。她經常去醫院，擔心手推車上的飲料杯翻倒，所以與媽媽一起研發杯架。這些都是設法解決困難的展現。更難得地是，她計畫每售出一個杯架，就捐出部分金額，發揮更大的影響力。

　　很開心玨縈在小學六年級畢業之前，得到了國語日報每年選出的「兒童少年好Young人物」！

　　玨縈一路走來經歷許多難關與挫折，從眼睛、心臟到肝母細胞瘤，每一次遇到問題時，我們都面對並走了過來。

得獎的獎金與同學分享。

大合照

跟獎盃和照，好榮耀的一刻！

從這些經驗中我們也希望可以回饋給需要幫助的人，所以創立水滴杯架時不只希望能夠永續環保

也希望可以做公益幫助兒癌的小朋友們。

沒想到有幸獲選今年的好Young人物，這些過程被人看見並獲得肯定，也很感謝一路上幫助與鼓勵我們的每位親朋好友，我們也會持續保持初衷，繼續努力！

玨縈親手寫的感謝小卡

後記1｜一條漫長且必須學習人生智慧的路

爲了讓玨縈獲得更多自信心，因緣際會之下，我讓玨縈和弟弟一起去學街舞，跳街舞不僅可以訓練玨縈的平衡感，她與弟弟之間也能創造一條非常深的連結；兩個孩子能一起砥礪成長、相互扶持，也是身爲媽媽最爲期待看到的一面。

有趣地是，除了陪伴兩位孩子上課之外，我也因此獲得許多對外表演的機會，舞蹈老師希望我可以跟孩子們共舞，緊張之餘，我告訴自己是一項挑戰。和玨縈共同完成一段表演，是一個很棒的體驗過程，玨縈總是耐心地教導我複習每個動作，增進了親子關係，也給彼此一個上舞台表演的機會。

2020/12/06台中盃街舞大賽，第一次站上大舞台。

2022/04/04兒童節。在高雄安安十全婦幼診所，姊姊回娘家，與院長黃富仁、圓石禪飲董事長楊紘瑋一起做公益。

2020/12/12 線西鄉風光好運公益。

阿康老師（索布雷特藝術舞蹈學院）：

我在舞蹈、娛樂、演藝界，這充滿聚光燈跟掌聲的圈內，前後超過20年，年少時總是享受那種「被人崇拜或追隨」的成就感，玨縈的出現，猶如老天拿著榔頭重擊在我身上，使我發現那些過去的「成就感」，至今只不過是膚淺的「虛榮心」。

2021/02/12大愛電視採訪。

索布雷特藝術舞蹈學院

我女兒出生時有2500克，玨縈出生時卻只有420克，同樣身爲人父，在那個當下眞的很難相信，這一路走來玨縈如何挺進她的人生，玨縈的媽爸承擔多少的壓力與煎熬，在許願不一定能成眞的現實恐懼下，如何不退縮地正面迎擊困難？我打從心底欽佩他們，更要對他們獻上滿滿的敬意。

因緣際會之下，我開始幫玨縈上課，我的不成熟，讓我感到剛開始上課時，非常痛苦，連最基本地與玨縈語言上的溝通，都非常吃力，初期教學時，我也曾經萌生打退堂鼓的想法。而我從玨縈身上，看到她所散發出的那股莫名能量，是不虛僞的樂觀以及單純的笑容。跟她相處至今，對我來說，玨縈也是我人生課題上的導師。

謝謝玨縈的出現，讓我再次在人生的道路上謙虛受教，也要謝謝玨縈的媽媽爸爸，不辭辛勞、舟車勞頓接送玨縈上課，一切似乎看是微小，卻又是釋放出那麼強大的能量。

家父7年前經過一次重大車禍，下半身幾乎癱

瘓，太太也是那時懷上女兒，我多少能體會那種心力交瘁、求助無門的感受。我被擊潰到修羅谷底時，真的產生「車禍怎麼不乾脆一點、把我爸就這樣帶走，也許現在大家就不會那麼辛苦，甚至可以過得再好一點」如此絕望的想法，一路走來，這7年，我幾乎不跟身邊的人提及家父的事情，即便事發當時，我很需要關愛甚至任何資源、金援等，我都沒有說出口。

玨縈一家人的遭遇，雖然和我的際遇不盡相同，但她的經歷卻對我產生很大的共鳴，相信玨縈的經歷，是老天希望我們勇敢面對所發生的一切，能變成啟發我們的智慧，讓我們因此能幫助更多人，這絕對不是一個特別僅有的故事，但絕對是最貼近平民老百姓的故事。

這部影片是我跟我女兒第一次一起跳街舞也是希望能夠記錄美好回憶

https://youtu.be/AIGzA6w76DM?si=H13ZdiyPJogMiq2I

芬達老師（索布雷特藝術舞蹈學院）：

一開始遇到玨縈時，並沒有覺得她跟其他人不一樣，只感到她是個很愛聊天又活潑的孩子！後來聽到玨縈的故事，感到很不可思議：「天啊！這孩子是多麼的勇敢及堅強。」還有她的家人們，也是她非常堅固的後盾，總是以愛陪伴玨縈！

跳舞雖然只是一項興趣和運動，但其中的樂趣非常多，也創造出很多變化！我剛好有機會能指導玨縈及她的媽媽跳舞，在這過程中，第一次跳舞的媽媽非常認真學習，聽說玨縈還會陪媽媽一起在家練習，我突然感到玨縈長大了呢！她真是一個好棒的孩子！

很開心可以遇到玨縈一家人，大家一定要知道，他們身上的故事，讓人充滿力量呢！

跟芬達老師一起合照

後記2｜繼續散播善念的種子

而今，醫生口中「橡皮筋寶寶」——玨縈，已經成爲健康的「橡皮筋女孩」。

橡皮筋很有彈性，用手拉一拉就會變化出不同的規則和波形，讓我聯想到玨縈出生後波折不斷；而在波折不斷的過程中，再拉一拉橡皮筋，又可以再恢復成圓形，圓形象徵圓融，如此好的意象，隱喻玨縈事事都會很順利，卽使遇到挫折，只要往正面思考，都能夠好好處理，重新回到原點。

橡皮筋也很像躲避球，能屈能伸可以彈跳，橡皮筋伸縮度很長，沒有調整好它也會斷掉。人在社會上不可能每件事都做到圓融，若遇到挫折，需要紓壓，就像在慢慢拉一條橡皮筋，慢慢換個位置思考，發洩之後就回歸到正向，而不是一直留存在心裡，否則會造成身心疾病，更會影響情緒。

在醫院，遭遇很多挫折時，我的心情跌到谷底，也會影響到小孩。所以，當我想哭，我會躲起來哭，擦一擦眼淚，小孩才不會在無形中產生壓力，認爲：「我生病是我對不起父母。」我覺得自己也像一條橡皮筋，所以玨縈是「橡皮筋女孩」。

回首這一條走過的路，對自己來而言，確實坎坷，但我始終沒有在負面情緒及黑暗中，迷失太久，當然這些也要感謝幫助我的醫生、護理師、職能治療師、老師、同學等，不斷帶給我灌溉能量的養分；眞心向善的念頭，是最罕有的奇蹟。成長過程中，有一位會計師蔡叔叔，曾教導我如何應對進退與爲人處事的道理，也影響我很深。

我爸爸曾經寫下一句話送我：「新的一天開始了，努力加油。」我要把這句話送給大家；今天的事過了，明天就朝著新的事物去努力。

愛惜每一天，樂於平安的生活，多鼓勵孩子，等於在鼓勵自己，我們都需要鼓勵，就像玨縈生病時，我們始終鼓勵著彼此，將鼓勵轉化成動力。

後續，我將這個動力延伸在「玨對會縈」的品牌精神上，我希望透過品牌發展的過程，也能把「有夢最美，希望相隨」的精神傳遞出去，「水滴杯架」售出的收益，部分捐給兒癌公益團體，因爲我知道每個兒癌的父母親都需要一份希望，這也是我盼望透過該品牌，長久傳遞愛與精神的原因。

「玨縈，新的一天開始了，我們一起努力加油！」

媽媽留

彰基邀請早產兒回娘家。

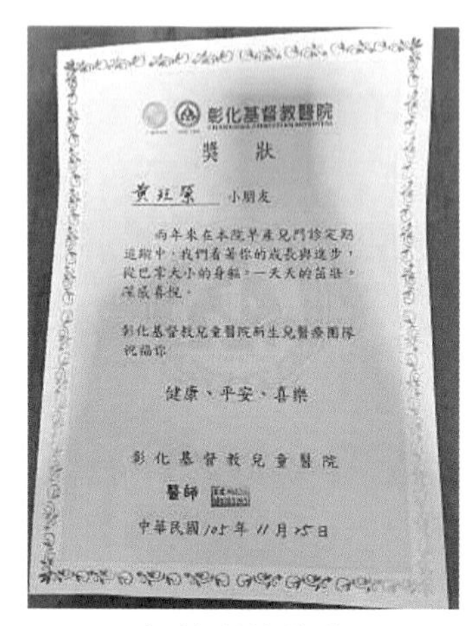

彰化基督教醫院

獎狀

[illegible] 小朋友

兩年來在本院早產兒門診定期追蹤中，我們看著你的成長與進步，從巴掌大小的身軀，一天天的茁壯，深感喜悅。

彰化基督教兒童醫院新生兒醫療團隊祝福你

健康、平安、喜樂

彰化基督教兒童醫院

醫師

中華民國105年11月25日

彰基發的獎狀

2020/12/19台中榮總食道癌病友會，姊弟跳街舞（公益）。

2022/09/18彰化基督教院，兒癌活動，水滴杯架做公益。

2022/06/30 玨縈從480克的巴掌仙子到了現在的13歲生日，看到她慢慢長大的過程中感到十分欣慰。今年也是玨縈第三度留了將近30公分長髮捐給切膚之愛基金會，幫助對抗癌症的病友們。留長髮的過程中玨縈回診時醫生曾問說：「爲什麼要留那麼長的頭髮？剪掉不會心疼嗎？」她大方的回說：不會啊！能幫助需要的人很開心。

而我認爲這也是玨縈目前能幫助他人的方式。回想過去抗癌期間也受到許多人的協助關愛，捐髮如同將這份愛永久綿延下去，很有意義。

一路走來雖然跌跌撞撞，但從不說放棄。

陪伴玨縈抗癌，到創立水滴杯架這個品牌，希望能透過自身分享的故事，鼓勵對抗癌症的小朋友與陪伴的父母們。

一起去看電影好開心

後記3｜媽媽的心情短句

遇到困難時
該堅強就堅強
該放下就放下
想哭就哭
不要在乎別人非議
要學會忘記
把冷眼嘲笑當作鼓勵
就不會覺得委屈
我們是獨一無二的
你的努力成為自己
更有意義
要珍惜每個人陪伴與偶遇
永遠心存感激

你要記得那些黑暗中默默抱緊你的人
逗你笑的人
陪你徹夜聊天的人
坐車來看望你的人
陪你哭過的人
在醫院陪你的人
總是以你為重的人
帶著你四處遊蕩的人
說想念你的人

是這些人組成自己生命中一點一滴的溫暖
是這些溫暖使自己遠離陰霾
是這些溫暖使自己成為善良的人

生活是一片海洋
每個人都是一座孤島

在潮起潮落中
總有一些時刻
自己獨木難支
孤苦難熬

但自己也要相信
會有一些人的出現
如山間溫暖的風
如古城溫暖的陽光
能吹走自己生命中所有的陰霾

無論自己面臨什麼樣的困境
那些不經意的溫暖
就能讓自己原諒生活之前對自己所有的刁難

當自己陷入迷茫時
和有溫度的人同行
就是對自己最好的滋養

和有溫度的人在一起
感受到了被愛的滋味
自己也會變得越發溫和柔軟
對這個世界重新充滿善意

#做一個善良有溫度的人

玨縈畫的圖得到了佳作

後記4｜媽媽的心內話

幫助零邊界的孩子讓世界看到他們

橡皮筋女孩是表達一個孩子的故事，但在這個世界還有很多如同橡皮筋一樣的孩子，他們沒有辦法活得像一般小孩一樣，但卻也因爲不是政府所規範的身心障礙者，沒有辦法得到社會的認可及對待，這正是橡皮筋女孩所正在面對的難題。

國家基本教育要讀的東西是制式化的，很多孩子在學習的道路上挫折因而放棄學習，選擇用不正道的方式生活賺錢，或是因爲學習的壓力太大導致憂鬱症、自殺……等，這正是目前台灣教育正在面對的問題。因此我們鼓勵教育體制應該從國中開始鼓勵孩子培養一技之長，讓孩子有更多的選擇，而不是只有升學的選擇。隨著教育改革的推移「讀大學」變成人生必備的項目，四技五專的學校反而越來越少，年輕人爲了升學無法培養一技之長，只能一直讀書升學考試，演變成大學畢業後不知道自己要做什麼工作？大學讀的也無法學以致用，形成了我們所說的「啃老族」「草莓族」。我們提倡的是所謂「多元學習」勤學的孩子可以繼續升學，但我們同時也要照顧到一些學習能力較弱的孩子，讓他們可以在國中階段更多的認識自己，選擇自己有興趣的職涯規劃。

很多父母忽略孩子做早療的黃金時段

現今社會很多孩子可能天生就有某些能力比較弱勢、或是自閉症、亞斯伯格、選擇性緘默症……等，但因父母不用接受或不在意，導致孩童錯過了6歲以前接受早期療育的黃金時段，其實非常可惜。目前許多醫院都提供早期療育的課程，讓孩子接受學習，提升天生較弱勢的能力，讓孩子在進入學習階段可以更順利。

不要太過於保護孩子

小時候跌倒父母有力氣拉一把，長大之後父母已經拉不動了，但孩子站不起不來了。

我們都應該傾聽孩子的聲音，他想做什麼？不喜歡什麼？從小就要將孩子視爲一個「個體」放手讓孩子去探索世界，並且讓他學習面對各種環境所帶來的影響。也許他有能力去承擔的是超乎你所想的，不要太過於保護你的孩子，你會成爲他的絆腳石。

關關難過關關過

因玨縈爺爺當時重病，醫生宣布只剩半年的時間，玨縈媽媽因而做人工受孕，辛苦的過程爲了生下玨縈，老天爺也幫助爺爺多活了兩年看自己的孫女長大。只要有孝心任何事情都能迎刃而解，也因爲玨縈媽媽的孝心持續的付出，讓玨縈出生後雖然遇到了很多生命的課題，但每個難關都一一破解，這是我們所感動的。

假如你是媽媽你會怎麼做？

玨縈回家說：媽媽我們班上有幾個男生都叫我

「葡萄」

媽媽：葡萄很好呀！很甜很好吃！大家都喜歡吃葡萄！代表他們都喜歡你呀！

玨縈：可是我不喜歡被叫葡萄啊⋯⋯

媽媽：那你可以當作沒聽到呀～不要回應他們，也要讓他們知道你很不舒服不喜歡被叫葡萄。

要鼓勵孩子面對人際關係，轉念想法、教導孩子互相尊重、換位思考。

問孩子：假如你是媽媽你會怎麼做？

最後想說的話⋯⋯

其實很多父母也不理解孩子爲什麼生活已經很好了，什麼事都不用你動手只要好好學習就行爲什麼還不珍惜知足呢？

其實你會發現眞正的痛苦不是生孩子沒有人照顧，而是我沒有病史但你卻覺得我有病時，眞正生病的時候，你卻說是我想太多。也很想提醒各位家長，

如果你發現孩子有憂鬱說口出的那句話，你就是想太多了別僞裝了。

如果是現在的你遇到，心裡肯定會很難受的，辛苦你了。把那一句「世界上比你慘的人還要多很多」換成「沒關係我陪你慢慢來」，把那句「誰還沒有難過的時候」換成「發生了不好的事情了嗎？我來陪你」，把那句「對得起我們的付出嗎？」換成「我明白我們一起想辦法」，把那一句「你就會逃避、找藉口」換成「你要是難受的話，我願意聽你說」，所有的話換個方式跟態度表達，一切都會好很多的。

沒有孩子天生堅強，無論孩子多大，多多關心自己的孩子是很重要的，心裡健康比身體健康重要，心智成長比成績成長更重要，培養一個擁有健全的人格、完善的心靈、對美好的生活有熱愛的孩子，遠比一切都來得更加的重要。

教育的任務學習在於發現各人的特長，並且訓練他，盡量發掘他的特長，因爲這種發展最能和諧地滿足社會的需要，讓每一個孩子都可以在教育的路上，透過探索與嘗試，找到他未來的志趣或是職業走向，每個人對幸福人生的藍圖期許都不一樣，可是行行出狀元卻是不變的道理。

每一個孩子也都是第一次來到這個世界，請給他們多一點時間與機會，不要讓一個本該快樂的童年變成一個回憶起來會只想哭的過去，讓我們一起加油培養出一個優秀且卓越的健康下一代。

姊弟倆跟阿祖一起玩棋

後記5｜致，那些陪玨縈一起走過的人

與陳明醫師合照

與蕭建州醫師合照

與黃富仁醫師合照

林育弘醫師

林明燦醫師

張鈺淨老師

蔡美容護理師

張明裕醫師

林純如醫師

李美慧組長

劉佳怡護理師

與彰化基督教醫院7樓醫護人員合照

喜願協會

彰化基督醫院運動會

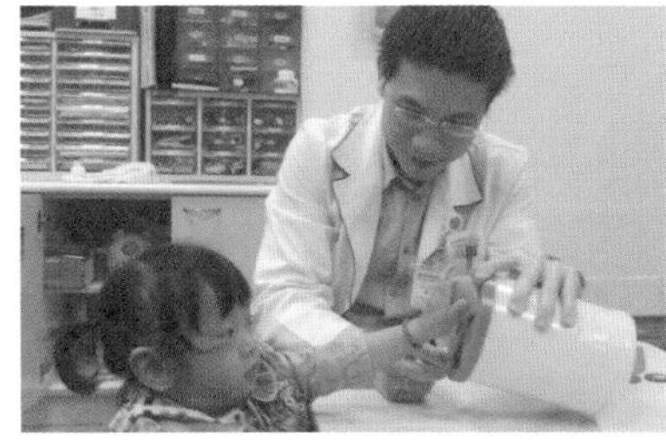

辛苦耐心陪著玨縈復健的醫生

國家圖書館出版品預行編目資料

橡皮筋女孩／趙翊均著. --初版.--臺中市：白象文化事業有限公司，2024.7
面； 公分
ISBN 978-626-364-335-2（平裝）
1.CST: 癌症 2.CST: 病人 3.CST: 通俗作品
417.8 113005172

橡皮筋女孩

作　　者　趙翊均
校　　對　趙翊均
發 行 人　張輝潭
出版發行　白象文化事業有限公司
412台中市大里區科技路1號8樓之2（台中軟體園區）
出版專線：（04）2496-5995　傳真：（04）2496-9901
401台中市東區和平街228巷44號（經銷部）
購書專線：（04）2220-8589　傳真：（04）2220-8505
專案主編　李婕
出版編印　林榮威、陳逸儒、黃麗穎、水邊、陳媁婷、李婕、林金郎
設計創意　張禮南、何佳諠
經紀企劃　張輝潭、徐錦淳、林尉儒
經銷推廣　李莉吟、莊博亞、劉育姍、林政泓
行銷宣傳　黃姿虹、沈若瑜
營運管理　曾千熏、羅禎琳
印　　刷　基盛印刷工場
初版一刷　2024年7月
定　　價　350元